식 물 문 답

조현진 | 늘 식물이 궁금한 식물화가. 대학교에서 조경학을 전공했고, 잠시 조경설계를 했습니다. 정원 및 식물 관련 기관과 협업하여 일러스트 작업을 하며, 여러 매체에 식물을 다루는 글을 쓰고 그림을 그립니다. 격주 목요일마다 MBC FM4U〈세상을 여는 아침 안주희입니다〉에서 식물을 소개하고 있습니다.

인스타그램 @jo.hnjn

식 물 문 답

식물화가와 나누는 사소한 식물 이야기

초판 1쇄 발행일 2021년 1월 4일
초판 3쇄 발행일 2023년 11월 3일

지은이	조현진
펴낸이	김효형
펴낸곳	(주)눌와
등록번호	1999.7.26. 제10-1795호
주소	서울시 마포구 월드컵북로16길 51, 2층
전화	02-3143-4633
팩스	02-3143-4631
페이스북	www.facebook.com/nulwabook
블로그	blog.naver.com/nulwa
전자우편	nulwa@naver.com
편집	김선미, 김지수, 임준호
디자인	엄희란
책임편집	임준호
표지·본문 디자인	이현주
제작진행	공간
인쇄	더블비
제본	비춤바인텍

©조현진, 2021
ISBN 979-11-89074-31-9 (03810)

식물 문답

식물화가와
나누는
사소한
식물 이야기

지은이
조현진

눌와

CONTENTS

제4장

쓸모없겠지만 알고 싶은 식물학

일러두기

이 책에 등장하는 식물 이름은 우리말 이름인 국명과 전 세계에서 통용되는 학명을 함께 적어두었습니다.
국명과 학명은 산림청에서 제공하는 국가표준식물목록에 등재된 것을 따르되, 지은이의 견해에 따라 달리 작성한 것도 있습니다.

식물 이야기를 하고 싶어서

어린 시절의 저는 조금은 특이한 아이였습니다. 친구들이 모여 게임과 축구를 할 때, 혼자 야생화를 사들이고 식물도감을 읽었거든요. 어른이 되고 나서도 이런 혼자만의 취미는 계속되었고, 아무도 관심을 갖지 않을 것만 같은 시시콜콜한 식물 이야기를 누군가와 나누고 싶은 욕심이 쌓여갔습니다.

식물 이야기를 어떻게 재미있게 할 수 있을지 고민하다가, 사람들이 관심을 가졌거나 가질 만한 흥미로운 내용을 골라 모아보기로 했습니다. 함께 대화하는 듯한 책이 되었으면 해서, 전문 용어는 최대한 배제하고 질문과 대답의 형식으로 엮었습니다. 믿을 만한 식물 이야기를 꾸리기 위해 여러 단행본, 도감, 그리고 논문을 찾아 근거를 확인했습니다. 식물의 모습을 제대로 담고 싶어 홍릉수목원, 국립수목원 등에서 직접 식물을 관찰해 세밀화를 그려 넣었습니다. 두 눈으로 확인하기 어려운 식물은 웹상의 동영상, 사진 및 표본 이미지 등을 살폈고요.

큰 글씨로 적어놓은 부분만 읽고 넘어가셔도, 디테일한 해설까지 꼼꼼하게 읽어주셔도 좋습니다. 친구와 대화하듯 즐겁게 읽으셨다면, 시시한 식물에도 재미있는 부분이 있다고 느끼셨다면, 그것만으로도 이 책은 성공인 셈이니까요. 부디 그러시길 바라며….

2020년 겨울 홍릉 근처 작업실에서,
조현진 드림

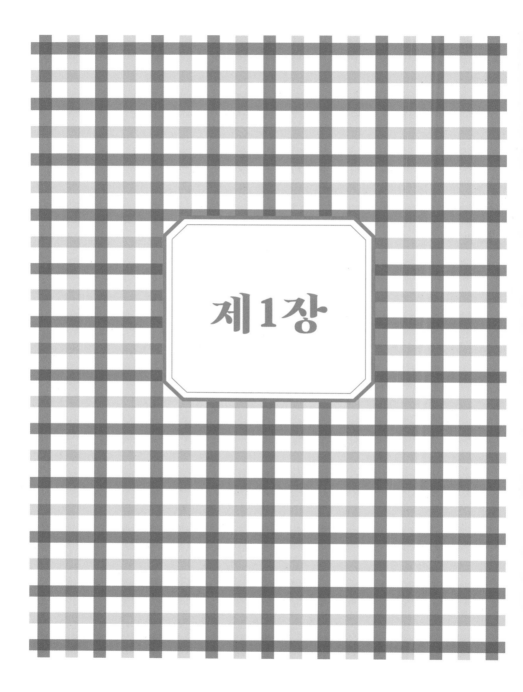

제1장

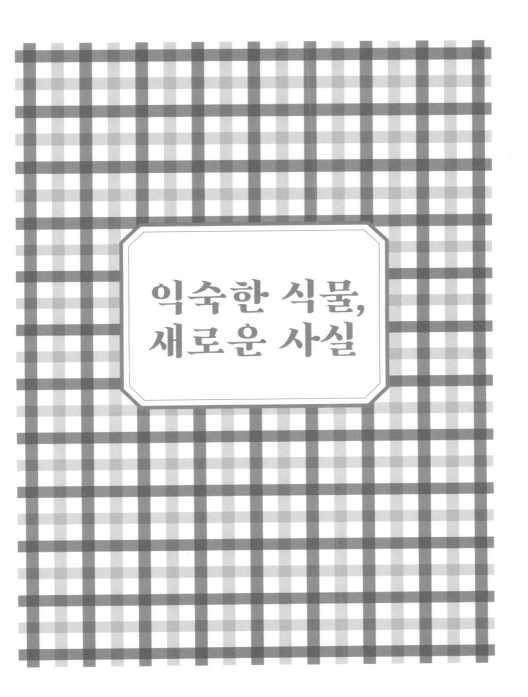

익숙한 식물,
새로운 사실

장미 열매의
빛깔을
알게 된다면

가장 좋아하는 꽃이 무엇인가요? 향기로운 프리지아나 긴 목이
우아한 칼라, 남국의 정취가 있는 극락조화…. 취향에 따라 다양
한 식물을 생각하셨겠지만 장미를 떠올린 분들도 계실 겁니다. 뾰
족한 가시도 매력으로 느껴질 만큼 꽃잎이 탐스럽고, 향기가 섬세
하죠. 그렇지만 저는 식물을 공부하며 만난 새로운 종들에 비하면
장미는 왠지 '뻔하다'고 은연 중에 생각하고 있었습니다.

그러던 어느 날 우연히 장미 열매와 마주쳤습니다. 장미 열매라
니. 생소한 느낌이었어요. 아파트 울타리며 정원 곳곳에 핀 수많
은 장미를 보았지만 열매를 본 기억도 없었고요. 그렇지만 여느
식물처럼 장미에게도 열매가 있었습니다. 찻집에서 마시던 빨간
로즈힙 차는 야생 장미 열매를 우린 차였더라고요.

장미 열매는 왜 낯설었을까요. 그 이유를 찾아봤습니다. 우선, 우리 주변의 장미는 열매를 적게 맺습니다. 품종 개량을 거치며 많아진 꽃잎이, 꽃가루받이 곤충이 꽃술에 접근하는 걸 방해하기 때문이에요. 또, 장미 열매는 자랄 기회조차 빼앗기기도 합니다. 장미는 한 해에도 여러 번 꽃을 피우는데 열매를 맺으면 다음 꽃이 빈약해집니다. 때문에 꽃이 시들면 바로 잘라지곤 합니다.

차로 마시는 로즈힙이 야생 장미 열매고, 우리 곁의 장미 열매가 드문 이유도 알게 되자, 장미 덩굴 하나하나가 새롭게 보였습니다. 길을 걸으며 열매를 찾아보니 생각보다 쉽게 열매를 찾을 수 있었고요. 가루받이에 성공하고 운 좋게 전정가위도 피한 장미 열매 여럿이 남몰래 붉게 익어가고 있었거든요.

이 책의 첫 장은 장미 열매처럼, 우리에게 익숙한 식물이 품고 있는 새로운 사실들을 함께 찾아보는 것으로 시작하려고 해요. 다른 사람들은 모를 작은 구석을 알게 된다면, 뻔하던 식물도 새롭고 더욱 소중하게 느껴질 수 있지 않을까요.

장미 *Rosa hybrida* 1 열매를 맺지 못한 꽃 2 장미 열매 *개장미 *Rosa canina* 열매(로즈힙)

I   2   *

모란은 향기가 있는 걸까?

모란은 흔히 향기가 없는 꽃으로 통합니다. 선덕여왕이 중국에서 보내온 모란꽃 그림을 보고 "벌과 나비가 날아들지 않으니, 이 꽃에는 향기가 없을 것입니다"라고 했고, 그림과 함께 받은 씨앗을 심어 확인해 보니 실제로 향기가 나지 않았다는 이야기가 유명하기 때문이지요.

그런데 화장품 가게에 들어가면 '모란에 향이 있었나?' 하고 고개를 갸웃거리게 됩니다. 피오니(peony, 모란과 작약을 통칭하는 영어 이름) 향이라고 적힌 디퓨저나 화장품들이 눈에 띄어서요. 도대체 모란은 향이 있는 걸까요, 없는 걸까요?

모란 *Paeonia suffruticosa*

ANSWER

OI

대개 향기가 있다

모란은 향기가 없는 꽃이라고 여기는 분이 많지만, 고궁이나 한옥, 공원 등에서 흔히 만날 수 있는 붉은 모란은 대개 향기가 있습니다. 풍성하고 짙은 향이 나며, 벌도 많이 찾아오지요.

다만 모란은 오래전부터 사람들이 가꿔오며 다양한 형질을 가진 수많은 품종을 만들어낸 원예식물이기 때문에, 모든 모란이 향기가 있다고 딱 잘라 말할 수는 없습니다. 따라서 우리가 보는 모란꽃에 향기가 난다고 해서 선덕여왕의 모란꽃 이야기를 거짓이라고 말할 수도 없습니다.

Plus! ① 모란과 반대의 경우로, 향이 강하다고 알려진 히아신스, 프리지아, 백합은 품종에 따라서 향기가 약한 것이 있습니다.
—— ② 제품에 들어가는 꽃향기는 실제 그 꽃의 향이 아니라 그 꽃의 이미지에 맞게 만드는 경우도 있다고 하니, 피오니 향 디퓨저는 실제 꽃향기와 다를 수 있습니다.

모란 *Paeonia suffruticosa*

동구 밖 과수원 길에는
아카시아꽃이 활짝 필까?

"동구 밖 과수원 길 아카시아꽃이 활짝 폈네"란 가사로 시작하는 동요 〈과수원 길〉을 기억하시나요? 향기로운 아카시아꽃이 핀 과수원 길의 풍경을 누구라도 쉽게 그려볼 수 있는, 유명한 노래이지요. 그런데 식물학자가 이 노래 가사를 본다면 지적할 만한 부분이 있습니다. 어떤 점일까요?

아까시나무의 꽃이 핀다

우리는 동요 속 식물의 이름을 흔히 '아카시아'라고 부르지만, 사실 '아까시나무(1)'라고 하는 것이 정확합니다. '진짜' 아카시아는 주로 아프리카와 호주에 자라며 회녹색이 도는 잎사귀에 둥근 꽃을 피우는 수많은 식물들을 아우르는 말이거든요.

다큐멘터리에서 기린이 잎을 뜯어먹는 가시 돋친 나무(2)와 잔잔한 잎사귀에 노란 꽃을 피우며 꽃집에서 '미모사'라는 이름으로도 부르는 작은 나무가 바로 '진짜' 아카시아에 속합니다. 아쉽게도 '아까시나무'는 아카시아 종류가 아니고요. 그러므로 "동구 밖 과수원 길 아까시나무꽃이 활짝 폈네"가 어색하지만 식물학적으로는 맞는 가사입니다.

Plus! ①아까시나무가 아카시아라고 불리는 이유는, 아까시나무의 종소명 '프세우도아카시아(*pseudoacacia*)'에 있습니다. '가짜 아카시아'란 뜻을 가진 이 종소명에서 가짜를 뜻하는 'pseudo'를 빼고, 그냥 아카시아라고 불렀기 때문이지요.
——— ②개살구를 보고 살구라고 하면 안 되듯, 식물학의 맥락에서는 아까시나무를 아카시아라고 불러서는 안 됩니다. 그렇지만 국립국어원 표준국어대사전에는 아카시아가 '아까시나무'를 일상적으로 이르는 말로 등재되어 있기도 합니다. 따라서 "동구 밖 과수원 길 아카시아꽃이 활짝 폈네"라는 가사는, 식물학자가 보기에 정확하지 않은 것일 뿐 틀린 것은 아니랍니다.

I 아까시나무 *Robinia pseudoacacia* / 2 아카시아(쇠뿔아카시아) *Vachellia karroo*

달토끼와 함께 있다는
계수나무는 무엇일까?

곳곳에 단풍이 들기 시작할 때면 어떤 나무의 낙엽에서는 달콤한 향기가 납니다. 밝은 노란색으로 물드는 단풍이 예쁘고, 동글동글한 잎사귀가 줄지어 달린 모습이 귀여워서 아파트 단지나 공원 등에 심곤 하는 그 나무의 이름은 바로 계수나무.

친숙하게 느껴져 생각해 보니 동요 〈반달〉 가사에서 "계수나무 한 나무 토끼 한 마리"로 등장하는 이름이군요. 이 나무가 바로 달토끼가 떡방아를 찧는 달에 자란다는 그 '계수나무'일까요?

계수나무 *Cercidiphyllum japonicum*

ANSWER
O3

〈 달의 '계수나무'는 목서 종류 〉

동요 〈반달〉은 중국 유래 설화를 바탕으로 합니다. 먼 옛날 오강이란 사람이 달에서 '계수나무'를 베는 벌을 받았고, 이를 지켜보는 토끼 한 마리가 있었다는 이야기이지요. 옛 기록에 이 '계수나무'는 가을마다 싸락눈 같은 꽃을 피우며 향이 강하다고 합니다. 공원에서 만나는 계수나무는 봄에 붉은 꽃술만 내민 꽃을 피워 싸락눈과는 거리가 멀고 향 또한 강하지 않은데 말이죠.

'계수나무'는 본래 목서류를 가리킨 것으로 보입니다. 가을이면 작고 향기가 짙은 꽃을 피우며, 꽃색이 눈처럼 흰 종류도 있으니 옛 기록과 일치하지요. 게다가 중국에서는 목서를 '계수나무꽃'이란 뜻의 구이화(桂花)라고도 부릅니다. 지역 이름이 '계수나무 숲'을 뜻하는 중국 구이린(桂林)시에서는 목서 종류가 다양하고 많이 자라 도시꽃으로 삼고 있다고 하니 더욱 설득력이 있습니다.

Plus! ① 월계관의 재료와 향신료로 쓰는 월계수는 지중해가 원산지로 설화 속 '계수나무'와는 관련이 없습니다. 또 계피 역시 '계수나무'가 아니라 육계나무 (*Cinnamomum cassia*) 및 그 근연종의 껍질로 만든 것입니다.
—— ② '계수나무'란 이름을 지금의 계수나무가 쓰게 된 것은, 이 나무를 일본에서 들여오며 일본 한자명인 '桂(계수나무 계)'도 함께 가져왔기 때문이라고 해요.
—— ③ 목서 종류에는 여럿이 있는데, 노란 꽃을 피우고 가장 향기로운 금목서와 흰 꽃을 피우는 은목서 두 종이 대표적으로, 모두 중국 원산입니다.

금목서 *Osmanthus fragrans* var. *aurantiacus* ／ 1 꽃이 달린 가지 2 꽃 3 잎 ／ 은목서 *Osmanthus* x *fortunei* ／ 4 꽃이 달린 가지 5 꽃 6 잎

QUESTION
04

김유정의 소설 〈동백꽃〉에
나오는 '동백꽃'은 무엇일까?

동백나무는 꽃이 드문 겨울부터 초봄까지 탐스러운 꽃을 피워 사
랑받는 식물이지요. 그런데 김유정의 소설 〈동백꽃〉의 마지막 장
면을 살펴보면, 동백꽃을 알싸하고 향긋한 냄새가 나는 노란 꽃으
로 묘사하는 내용이 있습니다. 향기는 잘 모르겠지만, 우리가 알
고 있는 동백나무는 분명 붉은 꽃을 피우는데요. 소설 속 동백꽃
은 우리가 알고 있는 것과 다른 식물이었던 걸까요? 그림 속 세 식
물 중 하나가 바로 소설 속 '동백꽃'입니다. 한번 맞춰보세요.

1

2

3

1 _____/2 _____/3 _____

ANSWER
04

2번 생강나무

소설 속 '동백꽃'은 생강나무입니다. 소설의 배경인 강원도에서는 추위에 약한 동백나무가 자라지 않으며, 대신 산야에 흔한 생강나무를 산동백나무, 동박나무 등으로 부릅니다. 생강나무의 열매에서 짜낸 기름을 동백나무 열매 기름처럼 머리에 바르는 용도로 사용했기 때문이지요.

또한 소설에서 동백꽃을 "알싸하고 향긋한 냄새가 나는 노란 꽃"이라고 묘사한 것처럼, 생강나무는 이른 봄, 톡 쏘는 생강향이 나는 노란색 꽃을 피웁니다. 이러한 것으로 미루어 보았을 때, 소설 속 '동백꽃'은 생강나무인 것을 알 수 있습니다.

Plus! ① 생강나무꽃(2)과 비슷한 시기에 피는 산수유꽃(1)은 그 생김새가 아주 비슷해서 얼핏 보면 구별하기 어렵습니다. 쉽게 구별하려면 생강나무꽃은 작은 꽃이 빽빽하게 모여 있는 반면, 산수유는 조금 흩어져 있는 것을 알아두면 됩니다. 또한 생강나무는 산에서 저절로 자라나는 나무이고, 산수유는 대개 사람이 심어 가꾸기 때문에 자라는 곳을 보고 생강나무인지 산수유인지 짐작할 수도 있습니다. —— ② 생강나무는 우리가 먹는 생강과는 분류학적으로 관련이 없습니다. 단지 잎이나 줄기를 자르면 생강과 비슷한 향이 나기 때문에 생강나무란 이름이 붙은 것입니다.

1 산수유 *Cornus officinalis* / 2 생강나무 *Lindera obtusiloba* / 3 동백나무 *Camellia japonica*

다음 중 할미꽃을 고르세요

"가장 못생긴 꽃은 무엇일까요?"라고 질문한다면 많은 분들이 호박꽃 혹은 할미꽃을 떠올리셨을 거예요. 그렇지만 할미꽃은 아름답지 않아서(물론 우리네 할머니를 생각하면 아름답지 않을 이유가 없지요) '할미'라는 이름이 붙은 건 아닙니다. 할미꽃을 백두옹(白頭翁), 즉 머리가 흰 노인에 비유한 기록을 보면, 희끗한 솜털이 뭉친 모양인 할미꽃 열매를 보고 이름 지은 것을 알 수 있지요. 다음 그림 속 세 식물 중에는 할미꽃이 있습니다. 어떤 것일까요?

1   2   3

모두 할미꽃이다

엄밀히 따지자면 1번 할미꽃이 정답이겠지만, 2번 동강할미꽃과 3번 노랑할미꽃은 할미꽃과 형제뻘 되는 가까운 식물이므로, 이번 문제는 모두 정답이라고 하겠습니다.

1번 할미꽃은 우리나라의 할미꽃 중 가장 흔히 만날 수 있는 식물입니다. 야생화 화단이라면 어렵지 않게 찾아볼 수 있습니다.

2번 동강할미꽃은 동강 지역 절벽에 자라는데, 연분홍, 홍자색, 보라색 등 화사한 색상의 꽃을 피웁니다. 절벽 아래 흐르는 강을 배경 삼아 꽃망울을 터뜨린 동강할미꽃의 모습이 무척 아름답기에 어떤 이들은 봄이면 카메라를 챙겨 동강을 찾기도 합니다.

3번 노랑할미꽃은 아주 드물게 분포하는 할미꽃의 한 품종입니다. 붉은 계통의 꽃을 피우는 다른 할미꽃들과 달리 아주 밝은 노란색 꽃이어서 깨끗한 느낌이 들지요.

Plus! 그림에서 소개하지 못했지만, 평안도와 함경도에 자라며 분홍색 꽃을 피우고 크기가 작아 귀여운 분홍할미꽃도 있습니다. 또, 꽃시장에서는 흰색, 붉은색, 보라색 꽃을 크게 피우는 유럽할미꽃도 만날 수 있지요. 우리가 무심코 '못생겨서 할미꽃'이라고 하는 건, 하얗게 센 머리칼이 아름다우신 우리네 할머니와, 색색의 꽃을 수줍게 품은 할미꽃 모두에게 실례일지도 모르겠습니다.

1 할미꽃 *Pulsatilla koreana* / 2 동강할미꽃 *Pulsatilla tongkangensis* / 3 노랑할미꽃 *Pulsatilla koreana* f. *flava*

QUESTION
06

다음 중 단옷날 머리를
감을 때 쓰는 창포는?

'창포'라는 식물에 대해 들어보신 적이 있으신가요? 단옷날 머리를 감는 데 쓴다는 그 식물, 맞습니다. 창포를 우린 물로 머리를 감으면 머리도 검어지고 잔병치레도 하지 않는다는 믿음이 있었다고 해요. 창포 뿌리에서 나는 좋은 향기가 액운을 물리친다고 여겨졌기 때문이 아닐까 싶습니다. 다음 세 식물 중 하나가 바로 그 창포입니다. 어느 것이 창포일까요?

1

2   3

1 _____ / 2 _____ / 3 _____

ANSWER
○**6**

ɪ번 창포

예로부터 단옷날 머리를 감는 데 써왔던 '진짜' 창포는 수수한 꽃
을 피우는 1번입니다. 흔히 창포 하면 떠오르는 탐스러운 보랏빛
꽃송이는 꽃창포(2)나 붓꽃(3)의 꽃이고요.

분류상 창포는 천남성과에, 꽃창포는 붓꽃과에 들어 서로 다른 식
물이지만, 꽃을 제외한 다른 부분의 생김새가 아주 비슷합니다.
따라서 흔히 보이는 것을 창포, 꽃이 크고 화려한 것을 꽃창포로
구별해 이름 지은 것으로 보입니다. 그런데 물가에서 흔히 자라던
진짜 창포는 수질오염과 하천정비공사 등으로 인해 보기 드문 식
물이 되어버렸고, 샴푸나 린스 등의 제품 용기에 (때로는 창포라
는 이름을 단) 꽃창포가 다수 등장하면서 이제는 창포라는 이름에
서 꽃창포를 떠올리게 된 것으로 짐작합니다.

Plus! ② 붓꽃은 창포와 직접적인 연관이 없음에도 창포로 오해하는 경우가 많습
니다. 이는 꽃창포를 창포로 오인하면서, 꽃창포와 비슷하게 생긴 붓꽃 역시 창포
로 잘못 부르게 된 것으로 추측됩니다. 창포를 실제로 만나게 된다면 꽃 없이도 붓
꽃, 꽃창포와 쉽게 구별할 수 있습니다. 셋 중 오직 창포만 잎에 반짝이는 윤기가
흐르고, 잎을 자르면 달콤한 과일 향이 나기 때문입니다.
—— ③ 난초 혹은 창포라고 부르는 화투 패는 꽃창포나 붓꽃으로 보입니다.

1 창포 *Acorus calamus* / 2 꽃창포 *Iris ensata* var. *spontanea* / 3 붓꽃 *Iris sanguinea*

그림 속 개나리꽃 중 몇 송이가

열매를 맺을까?

모든 꽃이 열매를 맺지는 못합니다. 예를 들어 가지마다 가득히 피는 왕벚나무꽃과 여름날 보는 버찌의 수를 비교해 보면 확실히 열매가 적지요. 매실나무, 앵도나무, 산수유 등 다른 식물들도 상황은 비슷합니다. 사과나 배 같은 과수는 열매가 크게 자랄 수 있도록 몇 개만 남기고 솎아주기도 하고요.

봄철이면 온 동네가 노랗게 물들도록 수많은 꽃송이를 피우는 개나리의 경우는 어떨까요? 오른쪽 그림은 흔히 볼 수 있는 보통의 개나리입니다. 이 개나리는 열매를 몇 개나 맺을 수 있을지 예상해 보세요.

개나리 *Forsythia koreana*

보통의 경우라면, ○송이

봄이면 셀 수 없이 많은 개나리꽃이 피지만, 대부분은 열매를 맺지 않고 그냥 시들어버립니다. 열매를 찾으려면 작정하고 수색해야만 몇 개를 발견할 수 있어요.

개나리가 이렇게 열매를 잘 맺지 않는 이유에 대해서는 여러 의견이 있습니다. 개나리꽃은 수술보다 암술이 긴 '장주화'와 암술이 짧고 수술이 긴 '단주화' 두 종류로 나뉩니다. 이때 서로 다른 유형과 수분해야 열매를 맺을 수 있는데, 우리 주변에서 볼 수 있는 개나리는 대부분 단주화이기 때문에 열매를 잘 맺지 못한다는 설이 가장 잘 알려져 있습니다.

그밖에 개나리를 대부분 꺾꽂이로 번식시켰기에 유전적인 다양성이 부족해져 버린 탓이라는 주장이 있으며, 어떤 이들은 개나리 자체가 열매를 잘 맺지 않는 종이라고 설명하기도 합니다.

암술

2

3

1

4

개나리 *Forsythia koreana* / 1 꽃이 달린 가지 2 장주화 단면 3 단주화 단면 4 열매

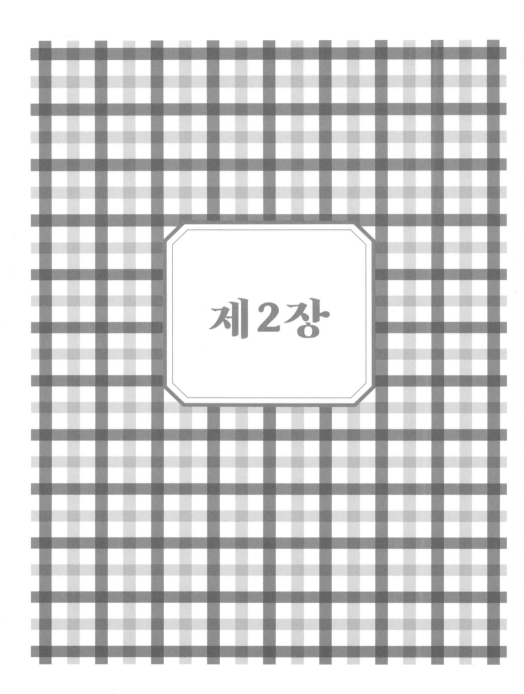

제2장

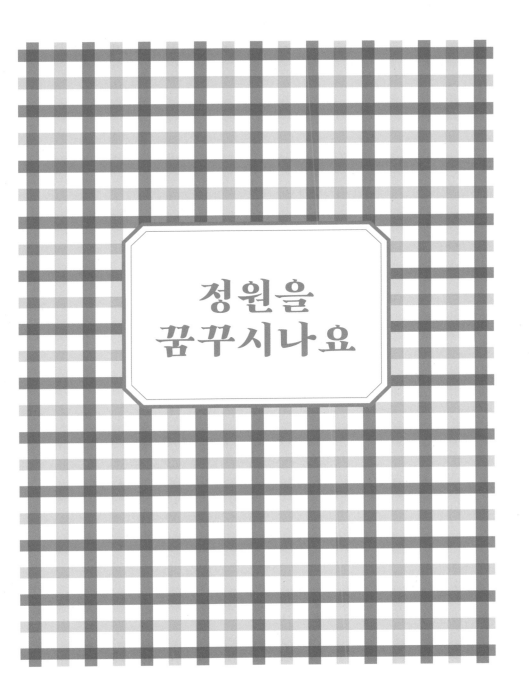

정원을
꿈꾸시나요

식물과 더불어
정원에서
자라는 것

"얘 꼭 데려가야겠어." 꽃시장 한구석에 놓인 무화과나무 화분과
마주치자마자, 친구가 홀린 듯 말했습니다. 이미 우린 양손 가득
화초를 들고 있었기에 살 수 없었지만요. 대신 친구는 무화과나무
를 집에서도 키울 수 있는지, 어떻게 키워야 하는지, 열매도 따 먹
을 수 있는지 같은 것들을 물어보았습니다.
"무화과나무는 남부 지방에서 키우는 과수니까, 봄부터 가을까
지는 해를 충분히 보여주고 겨울에는 찬 바람을 피해 실내로 들여
놓는 식으로 키우면 될 거야. 과수원처럼 본격적으로 관리해 주기
는 어려워서 마트에서 파는 것과 같은 튼실한 열매를 맺기는 힘들
지도 몰라. 그렇지만 햇빛과 비료를 충분히 준다면 열매가 커가는
걸 구경할 수 있을 거야. 만일 열매를 수확하게 된다면 알려줘."

며칠 뒤, 친구는 그 무화과나무를 집으로 모셔왔고, 다시 몇 계절이 지난 후에는 무척 귀여운 무화과를 맛보았다는 연락을 받을 수 있었습니다. 아마 친구의 무화과나무는 열매를 다 키울 때까지 수많은 질문들과 함께 자라났을 거예요. 무화과나무의 꽃을 수정시켜 준다는 무화과말벌 없이도 열매를 수확할 수 있는지, 잎에 생긴 벌레는 해로운지, 왜 잎이 하나씩 노래지는지…. 그동안 친구는 무화과나무가 던지는 질문에 충실히 대답하며 지내왔을 테고요.

이 친구의 무화과나무가 그랬던 것처럼, 정원에서는 수많은 질문들이 자라나 머리 위로 툭툭 떨어집니다. 이번 장에서는 이런 질문 중 달콤한 것 몇 개를 주워 함께 맛보려 해요. 분명 이 맛을 좋아하실 겁니다. 우연히 마주친 식물을 보고 "얘 꼭 데려가야겠어"라고 말씀하시는 분이라면요.

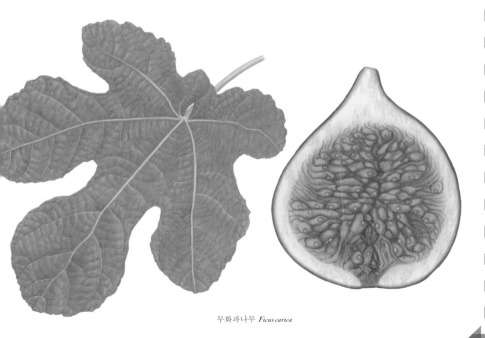

무화과나무 *Ficus carica*

QUESTION

○**8**

왜 식물에 우유를 뿌릴까?

고등학생 때, 특이한 이유로 친구와 다툰 적이 있습니다. 친구가
비료를 준다며 제가 아끼는 화분에 피클, 피자 조각 같은 남은 간
식을 묻어두었기 때문이에요. 이 친구는 음식물이 썩어 양분이 될
테니 식물 생육에 도움이 될 거라 생각했던 모양입니다. 그러나
화분처럼 작고 제한적인 환경에서는 썩는 과정에서 발생하는 벌
레나 세균이 식물에게 해롭다고 합니다. 악취도 날 테고요. 그렇
지만 저도 가끔은 키우는 화분에 우유나 물엿, 마요네즈를 뿌릴
때가 있습니다. 그 이유는 무엇일까요?

라넌큘러스 '하노이' *Ranunculus* 'Cloni Success Hanoi'

ANSWER

○8

병해충을 퇴치하기 위해서

우유와 물엿은 말라붙으면서 진딧물의 숨구멍을 막아 진딧물을
잡을 수 있습니다. 우유는 그대로, 물엿은 마른 자리에 끈적함이
남을 정도로 물에 희석한 뒤 식물에 분무하면 됩니다. 한편 마요
네즈도 물엿처럼 물과 섞어 분무하면 응애, 흰가루병과 노균병에
효과가 있습니다.

이 방법들은 따로 농약을 사지 않아도 되는 데다가, 잔류 농약 걱
정이 전혀 없습니다. 다만 잔여물이 잎의 기공을 막아 식물에 해
를 입힐 수 있으니 우유나 물엿은 하루 뒤에 깨끗이 닦아내는 것
이 좋으며, 어떤 방법이든 너무 진하게 자주 주어서는 안 됩니다.

Plus! ① 소개해 드린 세 가지 방법 중 농촌진흥청이 친환경 농약으로 소개하기
도 한 마요네즈 요법을 가장 추천합니다. 해충의 호흡과 지방대사를 방해할 뿐만
아니라 지방산이 병원균의 세포벽을 파괴해 병해와 충해를 모두 방제하기 때문입
니다. 또한 주기적으로 뿌려주면 식물 표면에 피막을 형성해 병해충의 침입을 물
리적으로 예방하는 효과를 기대할 수 있습니다. 치료 목적으론 물 2L에 마요네즈
13g을 섞은 뒤 5-7일의 주기로, 예방을 위해서는 물 2L에 마요네즈 8g을 섞은 뒤
10-14일 간격으로 식물체 전체에 꼼꼼히 분무해 주면 됩니다.

──── ② 알맞은 환경에서 건강하게 자라고 있는 식물에는 병해충이 잘 생기지
않습니다. 햇빛이 부족한지, 물빠짐이 나쁜지 등 생육 환경을 살펴 문제를 개선하
는 것이 근본적인 해결책이 될 것입니다. 또, 기르는 식물이 어떤 병해충에 취약한
지 미리 알아두고 예방해 주는 것도 좋은 방법입니다.

라넌큘러스 '하노이' *Ranunculus* 'Cloni Success Hanoi'

QUESTION

09

다음 원예 정보 중
옳지 않은 것을 모두 고르세요

식물을 어떻게 하면 죽이지 않고 잘 키울 수 있냐고 묻는 분이 많습니다. 그런 분들의 이야기를 들어보면 분명히 어디선가 얻은 정보대로 정성 들여 돌봤는데 그만 죽어버렸다는 내용이 대부분인데요, 그 이유는 이곳저곳에 떠도는 원예 정보 중 잘못된 내용이 많기 때문입니다. 아래에 흔히 들을 수 있는 원예 정보를 몇 가지 정리해 두었습니다. 이 중 식물을 기르는 데에 도움이 되지 않을 내용을 골라보세요.

① 물은 3일에 한 번씩 주면 됩니다.
② 이 식물은 아이가 향을 맡아보도록 아이 책상에 두면 좋아요.
③ 이 식물은 전자파를 흡수하니 전자제품 옆에 두세요.
④ 이 식물은 공기 정화에 탁월하니 욕실이나 주방에서 가꾸세요.
⑤ 이 식물은 실내에서도 잘 자랍니다.

1 물뿌리개 / 2 로즈마리 *Rosmarinus officinalis* / 3 다육식물 / 4 보스톤고사리 *Nephrolepis exaltata* / 5 히아신스 *Hyacinthus orientalis*

ANSWER ○9

모두 옳지 않다

① 물은 3일에 한 번씩 주면 됩니다.

→ 흙이 마르는 정도는 화분 크기 및 종류, 토질, 날씨 등에 따라서 그때그때 다릅니다. 따라서 기계적으로 며칠에 한 번씩 주는 것은, 장마철에는 과습할 위험이, 건조한 봄 가을에는 식물이 말라버릴 수도 있는 방법입니다. 식물마다 물 주는 법이 다르지만, 겉흙이 말랐을 때마다 한 번씩 흠뻑 주는 것이 기본입니다.

② 이 식물은 아이가 향을 맡아보도록 아이 책상에 두면 좋아요.

→ 주로 로즈마리 같은 지중해 원산 허브를 두고 그런 안내를 하지요. 이들은 대부분 햇빛을 많이 필요로 하므로 스탠드를 따로 설치해야 할 만큼 어두운 아이 책상보다는 밝은 창가에서 길러야 합니다.

1 물뿌리개 / 2 로즈마리 *Rosmarinus officinalis* / 3 다육식물
4 보스톤고사리 *Nephrolepis exaltata* / 5 히아신스 *Hyacinthus orientalis*

③ 이 식물은 전자파를 흡수하니 전자제품 옆에 두세요.
→ 선인장을 포함한 다육식물과 함께 접하게 되는 정보입니다. 수분이 전자파를 흡수하므로 물기가 많은 다육식물도 어느 정도 전자파를 흡수하긴 합니다. 그러나 식물체가 가리는 면적만큼만 흡수할 수 있기 때문에 전자파 차단에 큰 효과를 기대하기 힘듭니다. 또, 이 식물들은 대부분 생육에 많은 빛을 필요로 합니다.

④ 이 식물은 공기 정화에 탁월하니 욕실이나 주방에서 가꾸세요.
→ 보스톤고사리처럼 실내 공기 정화에 효과가 있다는 식물에 해당하는 내용입니다. 욕실은 어두운 데다 환기가 잘 되지 않고, 주방은 광량이 식물이 요구하는 것보다 부족한 경우가 많으므로 식물 재배에 부적합합니다.

⑤ 이 식물은 실내에서도 잘 자랍니다.
→ 실내 어디든 잘 자란다고 오해할 수 있는 말입니다. 똑같은 실내라도 창가와 어두운 화장실은 환경이 전혀 다르니까요. 그러므로 식물마다 적합한 장소를 반드시 찾아야 합니다. 비교적 강한 빛이 필요한 히아신스를 베란다에서 재배하는 것처럼요.

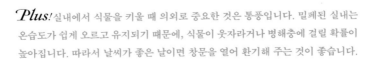

Plus! 실내에서 식물을 키울 때 의외로 중요한 것은 통풍입니다. 밀폐된 실내는 온습도가 쉽게 오르고 유지되기 때문에, 식물이 웃자라거나 병해충에 걸릴 확률이 높아집니다. 따라서 날씨가 좋은 날이면 창문을 열어 환기해 주는 것이 좋습니다.

튤립은 꽃이 진 후 어디로
사라지는 걸까?

봄이 되면 화단을 장식하는 튤립 무리를 만날 수 있습니다. 그런데 여름이 되면 튤립은 어느샌가 사라지고, 그 자리에 다른 꽃이 피어 있는 경우가 많습니다. 튤립은 꽃이 진 후 어디로 사라지는 걸까요?

튤립 *Tulipa gesneriana*

전체가 시들거나, 뽑힌다

튤립은 더운 날씨가 시작되면 잎과 줄기가 시들고, 작은 양파 같
은 알뿌리만 남아 다음 해 봄까지 지냅니다. 가을에 낙엽이 지는
식물과 달리 튤립은 여름부터 휴면에 들어가는 것이지요. 따라서
우리는 여름부터 튤립을 볼 수 없습니다.

또한 그런 특성 때문에 우리가 흔히 보는 튤립의 십중팔구는 뽑혀
버려집니다. 도심의 정원이나 공원은 사람들이 공간을 즐겁게 누
릴 수 있도록 사계절 아름다울 필요가 있습니다. 튤립 화단은 한
창 푸르른 오뉴월에 누렇게 시들어가기 때문에 공간의 주인공에
서 문제아로 바뀌게 됩니다. 따라서 튤립을 뽑아내고 그 자리에
새로운 꽃을 심어 공간을 보기 좋게 유지하는 것입니다.

Plus! 튤립을 뽑아버리는 또 다른 이유는, 한번 개화한 튤립이 다시 풍성한 꽃을
피우도록 가꾸는 일이 까다롭기 때문입니다. 우리나라는 튤립이 휴면하는 여름이
빨리 찾아와 꽃을 위해 필요한 양분을 모을 시간이 부족합니다. 따라서 열매를 키
우는 데 양분을 쓰지 않도록 꽃이 시들면 바로 잘라 광합성에 집중하도록 해야 하
고, 비료도 주어야 합니다. 그 후엔 잎과 줄기가 바짝 마를 때까지 기다려서, 알뿌
리가 식물체에 있던 양분을 모두 저장하길 기다려야 하고요.

게다가 튤립 알뿌리는 습기에 약해 장마가 오기 전 캐어 보관하는 수고도 필요합
니다. 이러한 관리를 받지 못한 튤립은 대개 장맛비에 썩어버리거나 해마다 조금
씩 약해져 사라져버립니다.

튤립 *Tulipa gesneriana* ／ **1** 꽃이 달린 줄기 **2** 알뿌리

유럽에서는 붉은, 한국에서는
푸른 꽃을 피우는 식물은?

며칠 전, 어머니께 전화를 받았습니다. 씨앗 봉투에서는 분명히
큼직한 진보랏빛 나팔꽃이 그려져 있었는데 키워보니 작은 하늘
색 꽃을 피워서 조금 실망스러웠다고요. 콩 심은 데 콩 나고, 팥 심
은 데 팥 나는 법이니, 어디선가 봉투와 다른 씨앗이 섞여 들어갔
을 테지요. 그런데 어떤 식물은 분명 같은 종인 것이 확실한데도
유럽에 심으면 붉은 꽃을, 한국에서는 푸른 꽃을 피웁니다. 어떤
식물일까요?

수국

수국의 꽃 색소인 안토시아닌은 본래 붉은색이므로, 이 색이 그대로 발현된다면 수국은 붉은 계열 꽃이 피어야 합니다. 그런데 산성 토양에서는 색소가 알루미늄이온과 반응하여 파랗게 변하며, 이에 따라 푸른 계열 꽃을 피우게 됩니다. 따라서 토양이 대부분 알칼리성인 유럽 땅에서는 붉은 꽃을, 대개 산성 토양인 한국에서는 파란 꽃을 피우는 것이지요. 그래서인지 수국이란 단어를 들으면 푸른 꽃을 떠올리는 우리와 달리, 유럽 사람들은 붉은 꽃을 생각한다고 합니다.

Plus! ① 토양 환경에 따라 꽃색이 바뀌는 수국의 성질을 활용하면 꽃색을 원하는 대로 유도할 수 있습니다. 푸른 꽃을 보고 싶다면 산성 토양에 심고, 필요한 경우 알루미늄이 포함된 첨가제를 줍니다. 반대로 붉은 꽃을 원한다면 흙에 석회를 뿌려 토양을 염기성으로 바꾸어주면 됩니다. 단, 토양에 관계없이 정해진 색상의 꽃을 피우는 예외적인 품종도 있으므로, 흙과 첨가제를 준비하기 전에 확인해 보는 것이 좋습니다.
—— ② 우리가 붉거나 푸른 색을 즐기는 수국 꽃잎은 사실, 크고 화려하게 변한 꽃받침입니다. 진짜 꽃잎은 아주 작아 눈에 띄지 않지만, 수국 꽃 정중앙을 한 송이 한 송이 살피다 보면 꽃술과 함께 핀 작은 꽃잎을 발견할 수 있습니다.
—— ③ 수국의 꽃받침은 통상적으로 4장이지만, 꽃받침이 5장인 꽃도 드물지 않게 보입니다.

수국 *Hydrangea macrophylla* / 1 붉은 꽃이 달린 가지 2 푸른 꽃이 달린 가지 3 중앙의 꽃잎과 꽃술 4 꽃받침이 다섯 장인 꽃

붉은 단풍이 왜 봄에도
보이는 걸까?

계절마다 걱정을 했던 식물이 있습니다. 다른 식물이 이미 우거진 늦봄에도 새순을 틔우지 않는 능소화는 혹시 얼어 죽은 게 아닐지 애를 태웠고, 가을날 해맑게 핀 개나리는 곧 서리 맞을까 염려스러웠죠. 식물을 여러 해 관찰하면서 능소화는 원래 동면에서 늦게 깨어난다는 것, 가을이면 계절을 착각한 개나리 몇 송이씩은 꼭 핀다는 것을 지금은 알게 되었지만요.

이 두 식물처럼 신경이 쓰였던 식물 중 하나는 바로 단풍나무입니다. 어떤 단풍나무는 봄부터 잎을 붉게 물들이고 있었기 때문이에요. 가을이 아닌데도 왜 붉은색으로 물든 단풍나무가 있을까요?

단풍나무

ANSWER
12

잎 색이 붉은 품종이기 때문

봄부터 잎이 빨간 단풍나무의 정체는 홍단풍입니다. 이 나무는 일본에서 들여온 것인데, 봄부터 가을까지 잎이 붉은 품종이며 노무라단풍이라고도 불러요. 계절을 착각해 단풍이 드는 게 아니라 본래부터 잎 색이 붉으니 질문 장에서 말한 능소화와 비슷한 경우라고 볼 수 있습니다.

홍단풍의 붉은 잎은 다른 식물의 녹색과 선명히 대비를 이루기 때문에 공원이나 정원 등에 자주 심습니다. 다만 한여름에는 붉은빛을 잃고 녹색이 되는 개체도 쉽게 찾아볼 수 있어요.

Plus! ① 홍단풍 외에 화려한 색상의 잎을 가진 식물들이 여럿 있습니다. 보라색·회색 등 잎에서 기대하지 않은 다양한 색상을 볼 수 있는 휴케라, 분홍색·흰색·자주색 등의 색상이 아름다운 패턴을 이루는 칼라테아 등입니다. 이들은 꽃이 없는 계절에도 한결같이 볼거리를 제공해 많은 이들이 즐겨 가꾸고 있습니다.

—— ② 색상이 다채로운 잎도 있는 반면, 꽃잎이 이파리처럼 녹색인 꽃도 있습니다. 가장 흔히 볼 수 있는 것은 꽃집에서 판매하는 연녹색 수국 품종이며, 큰 규모의 꽃박람회나 외국 종묘 회사 홈페이지에서는 녹색 꽃을 피우는 튤립, 백합, 장미 등도 구경할 수 있습니다.

1 홍단풍 *Acer palmatum* 'Shojo-Nomura' / 2 단풍나무 *Acer palmatum*

마트에서 파는 연근을 심으면

연꽃이 자랄까?

마트에서 파는 채소 중 땅에서 캐어낸 뿌리채소들은 대부분 심어 가꿀 수 있습니다. 양파, 당근, 무, 고구마, 감자는 싹이 튼 것을 물에 담그기만 해도 잘 자라고, 마늘과 생강은 화분에 심으면 되지요. 그렇다면 연꽃의 뿌리줄기, 그러니까 연근은 어떨까요?

연꽃 *Nelumbo nucifera* / 1 꽃 2 뿌리줄기 3 뿌리줄기 단면

ANSWER

I3

대부분 자라지 않는다

사실 연근은 비엔나소시지처럼 여러 마디로 나누어져 있습니다.
싹과 새 뿌리는 잘록한 마디 부분에서 틔워요. 마트에서 판매하고
있는 연근은 대부분 이 마디 부분을 잘라둔 상태이기 때문에 싹이
나지 않습니다. 마치 잘 다듬은 나무 회초리에서 싹이 나지 않는
것과 같지요.

간혹 마디 부분이 남아 있는 연근을 이것을 골라 심는다면 연꽃을
키울 수도 있습니다. 그러나 싹이 나기 전에 썩어버리는 경우가
많으므로 추천하지 않습니다.

Plus! 연꽃을 가꾸려면 씨앗을 물에 담가 키우는 방법도 있지만, 연꽃을 취급하
는 꽃가게에서 싹이 자랄 눈과 뿌리가 살아 있는 연근 혹은 화분에 심어 기른 것을
구입하는 것이 가장 빠르고 쉽습니다. 특히 전문점은 대야에서 키울 수 있을 정도
로 작은 것, 꽃잎이 노란색인 것, 꽃잎이 유난히 많은 것 등 다양한 품종의 연꽃을
판매해 선택의 폭이 넓다는 장점이 있습니다.

연꽃 *Nelumbo nucifera* / 1 꽃 2 뿌리줄기 3 뿌리줄기 단면 4 싹이 자라나는 부분

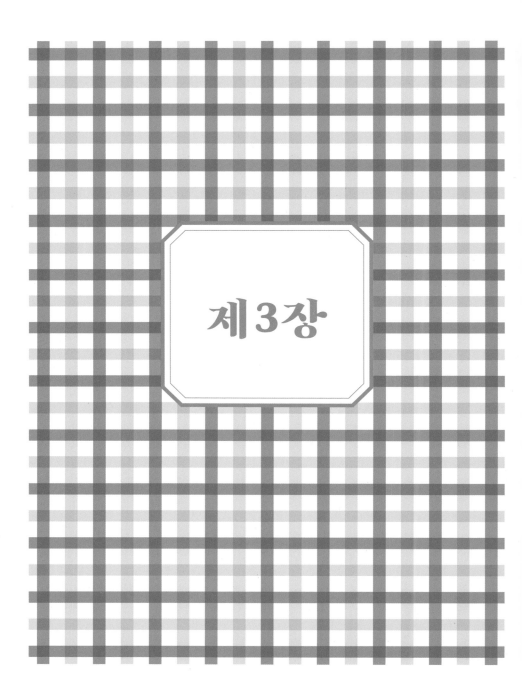

제3장

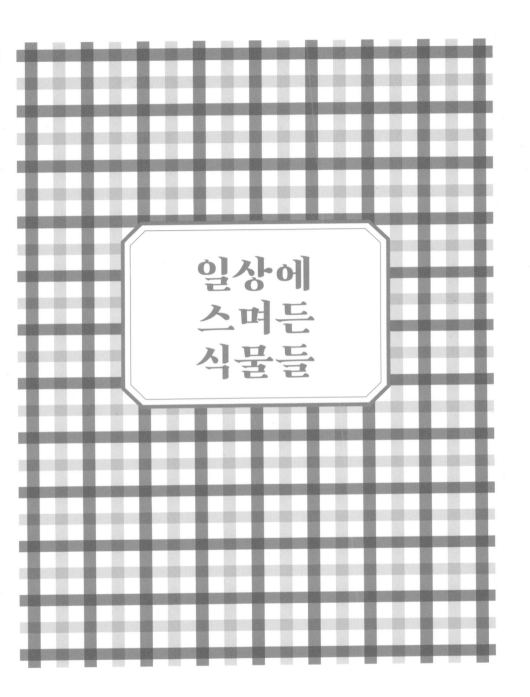

일상에
스며든
식물들

횟집에서
식물을
발견하는
법

종종 꽃 이름을 물어오는 이들이 있습니다. 조경학과 동기나 선후배들이 현장 답사에서 찾은 식물의 이름을 알려달라고 하거나, 어머니와 그 친구분들이 꽃 이름이 궁금하다며 사진을 보내오는 것이지요. 그런데 식물 이름을 알려드리고 나면 대부분 방학 숙제를 모두 끝낸 아이의 얼굴을 한 채 더 이상 아무 것도 묻지 않고 돌아서서 저는 조금 의아했어요.

우리가 어떤 사람을 좋아하게 되는 순간을 생각해 보세요. 그 사람의 이름을 찾았을 때가 아니라, 마음에 드는 책 페이지 모서리를 접어두거나, 장갑 대신 옷소매로 뜨거운 냄비를 잡는 모습을 보다가 자신도 모르게 마음을 빼앗기게 되죠. 식물에 반하게 될 때도 마찬가지일 텐데, 돌아서는 사람들을 볼 때마다 식물의 은근

한 매력까지 함께 전하지 못한 것 같아서 불편한 마음을 지울 수 없었어요.

그러던 어느 날, 예기치 못한 질문을 받았습니다. 한 친구가 회식 중에 본 것이라며, 생선회 위에 장식된 꽃이 어떤 식물인지 물어본 것이지요. 식물 이름이 필요한 현장 조사 자리도, 꽃을 좋아하는 친구도 아니었어요. 그렇지만 이름만 묻고 끝내지도 않았죠. 덕분에 즐겁게 식물 이야기를 할 수 있었어요.

"이 식물은 '덴파레'라는 난초야. 덴드로비움 팔레놉시스 계열의 원예품종들이라 그렇게 부르고 있어. 최근에는 유행이 좀 지난 듯하지만, 꽃이 화려하고 고급스러워 화분에 심어 선물하는 경우가 많았어. 꺾어놓아도 꽃이 오래도록 시들지 않으니까 회 장식에 썼나 보다. 키우고 싶어? 해가 잘 들고 겨울에 어느 정도 따뜻하게 해줄 수 있다면 기를 수 있대. 우리나라에 덴파레의 사촌쯤 되는 '석곡'이란 난초가 있는데, 덴파레와 비슷하지만 단정하게 생겼어. 석곡은 추운 겨울도 잘 버틸 수 있다고 해."

이 친구가 갑자기 횟집에서 덴파레꽃을 궁금해한 이유는 무엇일까요? 붉고 흰 생선 살 위에서 잎도 줄기도 없이 오랫동안 웃고 있는 그 꽃에서, 피곤해도 회식 자리 한 편을 지키고 있는 자신의 표정을 발견했기 때문이었을까요? 이유는 알 수 없지만 이 친구처럼 우리는 일상의 한 귀퉁이에서 예상치 못한 사고를 당하듯 식물에게 반하게 됩니다. 그래서 이번 장에서는 우리 일상 곳곳에 스며든 식물들을 살펴보려고 해요.

덴파레 *Dendrobium* Phalaenopsis Group

식물 사프란은 어디에 쓸까?

빨래에 사프란을 넣으시나요? 이 문장을 읽으시면서 '아마 '샤'프 란이 아니라 '샤'프란인데…'라고 생각하셨을 것 같아요. 섬유유 연제 이름으로 익숙한 이름이 '샤'프란이기 때문이에요. 이국적인 꽃의 모양새나 향기를 생각하면 '샤'프란의 느낌이 더 어울리는 듯하지만, 식물 이름을 부를 때에는 '사'프란이라고 하는 것이 맞 답니다. 스마트폰을 '서마터폰'이라고 구수하게 발음하시는 저희 할머니가 생각나 어쩐지 친근하게 느껴지는 이름이네요. 그런데 여기서 궁금한 점 하나. 식물 사프란은 어디에 쓸까요?

사프란 *Crocus sativus*

향신료로 쓴다

사프란은 붉은 암술만을 채취해 사용하는데요, 사프란만의 특별한 향이 있는 데다 음식을 금빛으로 물들여 준다고 합니다. 주로 쌀이나 생선 요리에 이용되고요.

다만 한 포기에서 꽃이 단 1~3송이만 피는 데다 각 꽃송이에는 세 갈래로 갈라진 암술이 단 하나밖에 없기 때문에, 재배하는 개체수와 필요한 인건비에 비해 수확량이 굉장히 적습니다. 따라서 최근까지 같은 무게의 금과 비슷한 가격을 형성했을 정도로 세계에서 가장 비싼 향신료라고 해요.

Plus! 사프란이란 이름이 유명한 것에 비해 그 생김새는 정확히 알려지지 않은 탓인지, 다른 식물을 두고 사프란이라고 하는 경우를 드물지 않게 볼 수 있습니다. 우선 전체적인 식물의 형태가 닮은 데다 이름에 사프란이란 글자가 포함되어 있는 나도사프란과 흰꽃나도사프란이 그렇습니다. 이들은 가을에 보랏빛 꽃을 피우는 사프란과 달리 여름에 각각 분홍색과 흰색 꽃을 피우며 시중에서 구입, 재배하기가 쉬운 점이 다릅니다.

또, 사프란이 속한 크로커스속 식물들 역시 사프란으로 오인되기도 합니다. 같은 속에 속한 만큼 생김새가 아주 비슷하지만, 가을에 꽃을 피우는 사프란과 달리 봄철에 개화하는 크로커스류는 암술을 향신료로 쓰지 않아요.

사프란 *Crocus sativus* / 1 꽃이 달린 줄기 2 꽃 3 수술 4 암술 5 꽃잎

QUESTION
15

화투의 '똥'은 어떤 식물일까?

'화투'가 무슨 뜻인지 알고 계신가요? 한자로 '花鬪(꽃 화, 싸움 투)', 즉 꽃싸움이라는 뜻입니다. 화투는 그 이름처럼 12개월에 해당하는 열두 종의 식물을 테마로 하고 있어, '비', '공산', '똥'이라 부르는 패에서도 식물을 찾을 수 있습니다. 비 패에는 축 처진 수양버들(혹은 능수버들)이 있고, 공산 패의 검은 언덕은 억새로 가득 찬 언덕을 묘사한 일본 옛 화투에서 변형된 것입니다. 그렇다면 나머지 하나, 검은 덩어리와 푸른 별 모양 꽃이 그려진 똥 패는 어떤 식물을 묘사한 것일까요?

ANSWER
15

> # 오동나무

고스톱 게임에 유리해서 인기가 많은 '똥'은 오동나무입니다. 오
동나무, 오동으로 부르던 것이 '똥'으로 변했다고 합니다. '똥'이
란 이름 때문에 다른 것이 연상되는 검은 덩어리는 잎사귀로, 일
본 옛 화투에는 녹색으로 칠해져 있습니다. 그리고 파란색 별은
개화한 꽃, 가지에 달린 작고 둥근 것은 꽃봉오리입니다.

Plus! 딸을 낳으면 오동나무를 심어 혼수용으로 썼다는 이야기는 많이들 들어
보셨을 겁니다. 그런데도 똥 패의 그림을 보고 오동나무를 떠올리기 어려운 것은,
('똥'이라는 이름 탓이 가장 크겠지만) 꽃의 생김새가 잘 알려져 있지 않은 점 때
문일 듯해요.
이른 봄의 산수유로 시작해 개나리, 백목련, 왕벚나무로 이어지는 화려한 봄꽃 퍼
레이드를 보고 나면, 아무래도 꽃에 대한 감흥이 옅어질 겁니다. 오동나무는 딱 그
무렵(5월 초) 꽃을 피우기에 사람들의 눈길을 끌지 못했던 것 아닐까요? 또, 오동
나무는 10~20m정도로 자라는 키가 큰 나무인데 꽃이 그 높은 가지 끝마다 달리
니, 우리가 꽃을 들여다보기가 퍽 어렵다는 생각도 듭니다.

오동나무 *Paulownia coreana*

화투의 '흑싸리'는 왜
어떤 장에서는 거꾸로 자랄까?

'싸리비'를 아시나요? 사극에서 하인이 마당을 쓰는 장면이면 으레 나오는 그 빗자루인데, 산과 들에 흔히 자라는 싸리나무의 가늘고 질긴 가지를 모아 만든 것입니다. 화투에는 바로 이 싸리나무류로 보이는 식물이 그려진 '흑싸리'란 패가 있습니다.

흑싸리 패는 작고 둥근 잎사귀가 그려져 있을 뿐 평범해 보이지만, 가만 살펴보면 이상한 점이 하나 있습니다. 흑싸리 패 중 노란 새가 그려진 장에서는 흑싸리가 거꾸로 자란다는 점입니다. 보통의 식물이라면 줄기가 아래에서 위로 자라날 텐데, 그 장에서만 줄기가 위에서 아래로 늘어져 있는 것이지요. 왜 이런 것일까요?

싸리 *Lespedeza bicolor* / 1 꽃이 달린 가지 2 꽃 정면 3 꽃 측면

ANSWER

16

⟨ 덩굴식물인 등나무이므로 ⟩

흑싸리는 사실 싸리나무가 아닌, 덩굴식물인 등나무입니다. 우리나라의 싸리나무 종류는 대개 잎사귀가 세 장씩 달리는 것에 비해 화투 속 식물은 등나무처럼 작은 잎사귀 여러 장이 깃털 모양으로 모여 있다는 점, 그리고 화투 패에는 등나무에서 볼 수 있는 꼬인 덩굴줄기가 있다는 점을 보면 알 수 있지요.

따라서 다른 물체를 타고 올라가 잎과 줄기를 늘어뜨리는 등나무의 모습을 생각하면, 두견새가 그려진 그림은 자연스럽게 보입니다. 오히려 나머지 세 장의 '흑싸리' 패를 뒤집어 보아야 하지요.

Plus! 앞 질문의 오동나무 잎사귀가 그랬듯, 등나무도 일본의 옛 화투 패를 살펴보면 더욱 쉽게 알아볼 수 있습니다. 한국의 흑싸리 패는 꽃과 잎이 모두 검은색으로 같기 때문에 둘을 구별하기 어렵지만, 일본의 것엔 잎은 녹색으로, 꽃은 보라색으로 다르게 묘사하고 있기 때문이에요.

등나무 *Wisteria floribunda* / 1 꽃 2 잎이 달린 줄기

다음 중 쌍화탕에
들어가는 식물은?

평범한 날, 갑자기 꽃을 선물받고 싶었습니다. 그래서 언젠가는
꽃을 사달라고 미리 부탁하며, 꽃집에서 흔히 파는 것 중에서 세
종류를 정해둔 적도 있었지요. 특별한 기념일의 연인이 100송이
나 모아 선물하곤 하는 장미(薔薇), 깨끗한 느낌이고 향기가 짙어
여름날 건네기 좋은 백합(百合), 한 송이만 꽂아두어도 만족스러
운 작약(芍藥). 이렇게 세 가지로요. 그런데 이 아름다운 세 식물
중 하나는 감기에 걸렸을 때 마시곤 하는 쌍화탕에 들어가는 재료
이기도 합니다. 어떤 식물일까요?

1 장미 *Rosa hybrida* / 2 백합 *Lilium longiflorum* / 3 작약 *Paeonia lactiflora*

ANSWER
17

3번 작약

꽃의 생김새가 무척 아름다워 약용으로 쓰는 것이 생소하게 느껴
지지만, 쌍화탕의 원료를 확인해 보면 숙지황, 황기, 당귀 같은 약
초와 함께 작약의 이름을 찾을 수 있습니다. 작약은 뿌리를 말려
사용하는 약초이기 때문이에요. 진통, 해열, 이뇨 등의 효과가 있
어 여러 용도로 쓴다고 해요. 다만 여느 약초들이 그렇듯이 작약
은 유독성 식물이므로 전문적 지식 없이 사용하는 것은 좋지 않다
고 합니다.

Plus! 최근 꽃집에서 판매하는 작약은 꽃송이를 크고 화려하게 개량한 품종으
로, 약용으로 가꾸는 작약과는 조금 차이가 있습니다. 그렇지만 약재용 작약도 다
른 식물에 비하면 꽃색이 곱고 꽃송이가 큼직해 화단에 흔히 심어 가꿉니다. 때문
에 5월이면 만개한 꽃을 보러 약재용 작약 밭을 찾는 이들도 있습니다.

1 장미 *Rosa hybrida* / 2 백합 *Lilium longiflorum* / 3 작약 *Paeonia lactiflora*

QUESTION
18

포켓몬스터 라플레시아와
우츠보트의 모델이 된 식물은?

"피카츄, 라이츄, 파이리, 꼬부기…." 어린 시절을 추억하며 찾아
듣곤 하는, 인기 애니메이션 〈포켓몬스터〉의 주제곡입니다. 몇 년
전에는 스마트폰 게임과 실사 영화로 제작되어 화제가 되기도 했
지요. 이 애니메이션의 가장 큰 매력은 실제 동물을 기반으로 재
미있게 만들어낸 캐릭터인 '포켓몬스터'일 것입니다. '꼬부기'는
거북이를, '별가사리'는 불가사리를, '버터플'은 나비를 모델로 삼
아 만들어졌지요. 그런데 포켓몬스터 중에는 식물을 모티브로 만
든 '라플레시아'와 '우츠보트'도 있습니다. 이들의 모델이 된 식물
은 어떤 것일까요?

1

2

1   2

라플레시아와 네펜데스

포켓몬 라플레시아의 모티브는 동명의 식물 라플레시아입니다. 한눈에 봐도 잎과 줄기 없이 덩그러니 핀 꽃의 모양이 포켓몬 라플레시아와 닮았습니다. 다만 포켓몬 라플레시아는 냄새에 대한 묘사가 없지만, 실제 라플레시아는 시체가 썩는 듯한 냄새를 풍겨 '시체꽃'이라고도 부르는 차이점이 있습니다. 라플레시아는 단일 꽃으로는 세계에서 가장 큰 꽃을 피우며 기생식물이기도 한, 무척 특이한 식물입니다.

악당 캐릭터 '로이'의 포켓몬이기도 했던 우츠보트의 모델은 네펜데스입니다. 뚜껑이 달린 주머니 모양이 꼭 닮았죠. 그러나 네펜데스는 이 주머니에 소화액을 담아놓고 이에 빠진 벌레나 새, 개구리 등 작은 생물을 소화시켜 먹는 작은 식물인 반면, 포켓몬 우츠보트는 사람이 쏙 들어갈 정도로 거대한 점이 다릅니다. 참, 우츠보트라는 이름은 네펜데스의 일본 이름 우쓰보카즈라(ウツボカズラ)에서 가져온 것으로 보입니다.

1 라플레시아 *Rafflesia arnoldii* / 2 네펜데스 '블러디 메리' *Nepenthes* 'Bloody Mary'

우리나라 식물로 마라탕의
얼얼한 맛을 낼 수 있을까?

마라의 맛에 빠졌습니다. 처음 맛보는 얼얼한 그 맛이 자꾸 생각나 친구와 마라탕 약속을 잡고 장바구니에 마라 라면을 담게 됩니다. 이 얼얼한 맛의 출처는 마라탕 재료 중 '화자오'란 열매의 껍질인데요, 중국 식재료를 파는 가게에서 구입할 수 있습니다. 그런데 한 봉지 집어 보면 이상하게도 우리나라에 자생하는 식물인 산초, 초피의 이름이 함께 병기되어 있습니다.

혹시 이 화자오란 녀석, 산초나무나 초피나무의 열매였던 걸까요? 그렇다면 우리나라 식물로도 마라탕에서 나는 얼얼한 그 맛을 낼 수 있는 걸까요?

1 화자오 / 2 산초나무 *Zanthoxylum schinifolium*

ANSWER
19

> ## 낼 수 없다

화자오를 맺는 식물은 *화자오나무로 산초나무, 초피나무와 다른 학명을 가진 별개의 식물입니다. 따라서 같은 맛을 내리라고 기대하기 어렵습니다. 화자오는 시고 얼얼한 맛과 특유의 향이 강렬한 반면, 산초는 시고 얼얼한 맛이 약하고 향이 산뜻하며, 초피는 화자오와 산초 중간 정도의 맛과 향으로 상쾌한 느낌이 납니다.

다만 이들 식물은 모두 같은 속인 형제뻘 식물이기에 비슷한 점이 많고, 중국에서는 초피나무속에 드는 식물들의 열매를 통틀어 화자오라고 부르기도 하므로 산초나무와 초피나무 열매를 화자오와 유사한 맛을 내는 향신료로 활용할 가능성은 높아 보입니다.

Plus! ① 중국에서는 산초나무 열매를 화자오 종류 중 하나로 보기도 하지만, 우리나라에서는 산초나무를 향신료로 사용하지 않습니다. 추어탕 가게에서 간혹 산초(혹은 제피)라 하는 향긋하고 알싸한 향신료를 비치해 두곤 하는데, 이는 산초나무가 아닌 초피나무 열매이지요.

—— ② 초피나무 열매는 추어탕 외에도 매운탕, 김치 등에도 향신료로 사용하며, 특히 경상도 음식에 많이 쓰입니다.

—— *화자오나무(*Zanthoxylum bungeanum*)는 아직 한국 이름이 없는 나무이며, 이 꼭지에서는 편의상 화자오나무로 칭했습니다.

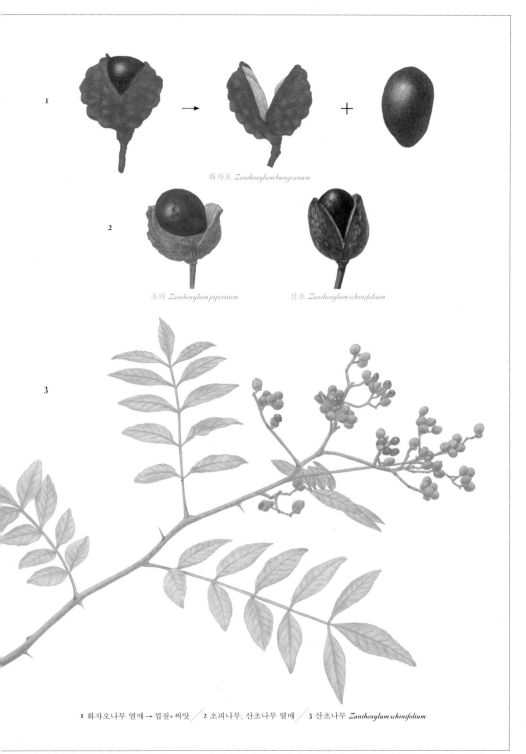

1

화자오 *Zanthoxylum bungeanum*

2

초피 *Zanthoxylum piperitum*   산초 *Zanthoxylum schinifolium*

3

1 화자오나무 열매→껍질+씨앗 / **2** 초피나무, 산초나무 열매 / **3** 산초나무 *Zanthoxylum schinifolium*

부처님이 득도하신 곳에
자란다는 보리수는 무엇일까?

부처님이 보리수라는 나무 아래에서 득도하셨다는 이야기, 다들
아시지요? 이번 꼭지에서는 바로 그 보리수를 찾아보려고 해요.
우리 주변에는 보리수란 이름을 가진 나무가 셋이나 있거든요.
우선 근처 절에 가면 하트 모양 잎사귀에 염주알처럼 둥근 열매가
달린 나무에 보리수(1)라는 팻말을 달아둔 모습을 볼 수 있습니
다. 식물원 온실에서는 키가 껑충하게 크고 꼬리가 길게 뻗은 잎
을 가진, 다른 보리수(2)를 찾을 수 있고요.

그리고 근처 산을 찾으면 작은 키에 흰빛으로 반짝이는 잎을 가진
다른 보리수(3)가 있습니다. 떫지만 달콤한 열매를 맺기 때문에
먹을 것이 부족했던 시절, 아이들의 좋은 간식거리가 되어주었던
식물이라고 해요. 세 식물 중 어떤 것이 부처님의 보리수일까요?

I

2

3

1 _____ / 2 _____ / 3 _____

ANSWER
20

2번 인도보리수

부처님이 도를 깨우치셨다는 나무의 정확한 이름은 '인도보리수'
입니다. 옛 인도에서는 '보디(Bodhi)'가 득도를 뜻했는데, 중국
에서 불경을 만들 때 한자로 음역해 보리(菩提)라고 썼고, 이를
우리나라로 들여오면서 보리수(菩提樹)라고 불렀습니다. 그런데
이미 우리나라에 있던 '보리수나무'와 이름이 겹치므로 '인도보리
수'로 구별해 이름 지은 것이지요. 열대식물이므로 국립수목원이
나 서울식물원 등의 온실에서나 볼 수 있습니다.

1번은 찰피나무입니다. 보리자(菩提子)나무라는 식물이 있는데,
인도보다 추운 지방에 사는 나무인 데다 인도보리수와 잎 모양이
비슷하고 둥근 열매를 염주로 쓸 수 있기 때문에 우리나라에 불교
가 전해질 때 이 나무를 인도보리수 대용으로 삼았습니다. 그런데
보리자나무가 속한 피나무류는 구별이 어렵기 때문에 다른 피나
무속 식물인 찰피나무(1), 피나무까지 절에 심어두고 보리수라고
하는 경우가 생긴 것입니다.

3번 식물은 보리수나무입니다. 보리가 익기 전 열매를 먹을 수 있
다는 뜻으로 이름을 지은 보리밥나무와 유사한 식물이어서 보리
수나무라는 이름이 붙은 것이라 하니, 아쉽지만 부처님과의 인연
은 없는 식물인 듯합니다.

1 찰피나무 *Tilia mandshurica* / 2 인도보리수 *Ficus religiosa* / 3 보리수나무 *Elaeagnus umbellata*

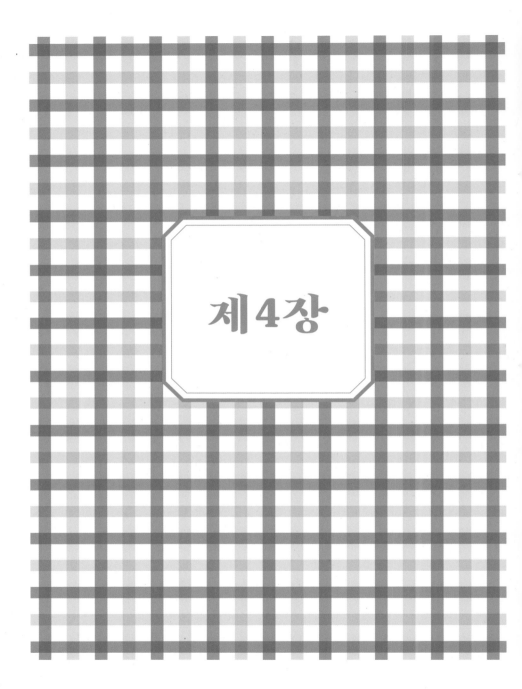

제4장

쓸모없겠지만
알고 싶은
식물학

새우난초와
자란을
구별하며

중학교 1학년, 식물 공부를 막 시작했을 때의 일입니다. 책으로만
보던 식물들을 실제로 보고픈 마음에 부모님을 졸라 근처 식물원
에 방문했습니다. 때마침 각시붓꽃이며 할미꽃 같은 꽃이 피어 있
어 사진도 찍고 즐거운 시간을 보냈어요. 그러다 들어간 온실에는
멀리 남쪽 지방에서 자란다는 새우난초가 자라고 있더군요. "이거
새우난초예요!" 흥분한 나머지 소리치며 부모님을 불렀습니다.
그 순간, 지나가던 식물원 직원 아주머니께서 한마디 하시고 사라
지셨습니다. "그건 새우난초가 아니라 자란이에요, 자란."
억울했습니다. 분명 새우난초였거든요. '새우난초는 꽃이 붉고 희
지만, 자란은 그 이름처럼 꽃이 자색이다'라고 뒤늦게 설명했지만
부모님은 왠지 시큰둥해 보였어요. 새우난초의 땅속 헛비늘줄기

가 새우 모양이라는 사실까지 제가 알고 있었어도요. 식물원 직원
분의 한마디가 더 설득력 있었겠죠. 그렇지만 저는 그 순간, 부모
님은, 그 아주머니는, (그리고 어쩌면 다른 사람들까지도) 식물을
그리 사랑하지 않는다고 느껴져 조용히 힘이 빠졌습니다.

그 이후로 저는 다른 분들이 식물 이름을 잘못 불러도 개의치 않
으려 노력하며 지냈습니다. 식물 이야기도 꽤 오랫동안 삼갔고요.
그러다 《식물 문답》을 독립출판하며 다양한 분들을 만났습니다.
책에 담긴 '잡초'라는 단어 하나에 식물들이 서운해하겠다며 걱
정하시던 분이나, 책 속의 개나리 한 줄기만으로도 구입할 이유가
된다고 하던 분, 화투 패 '똥'이 오동나무인 걸 알게 되어 반갑고
재미있다는 분…. 방법과 깊이가 모두 다를 뿐, 많은 사람들이 식
물을 좋아하고 있다는 사실을, 여러 사람과 이야기하고서야 조금
알게 되었어요. 그래서 이제부터는 살짝 용기를 내어 14살의
저로 돌아가 보려고 해요.

이 장에서는 제가 가장 좋아하는 종류의 식물 이야기, 그
러니까 새우난초와 자란을 구별하는 것 같은 식물 분류
에 관한 내용과, 벌레잡이식물처럼 특이한
식물의 생태에 관한 것을 말해보려고 합니
다. 누군가에겐 중요치 않은 이야기일 수
도 있겠다는 생각이 들지만, 그래도 저와
비슷한 방법과 깊이로 식물
을 좋아하시는 분이 분명 적
지 않게 계시리라고 믿으니까요.

2

1 새우난초 *Calanthe discolor* 2 자란 *Bletilla striata*

다음 중 정확한 이름을 찾기
가장 까다로운 식물은?

봄이 되면 누가 심지 않았지만 도시 곳곳에 피어나는 꽃들이 있습니다. 그 중 가장 흔한 식물 셋을 꼽아보자면, 화단이나 공터에 은근슬쩍 들어와서 자라는 애기똥풀, 좁은 보도블록 틈새에서도 꽃을 피우는 서양민들레, 해가 잘 드는 길가나 잔디밭이라면 어김없이 한 구석을 차지하고 있는 제비꽃 정도가 될 것 같아요.

그런데 이 셋 중 하나는 분류가 꽤 어려운 편입니다. 비슷하게 생긴 식물이 국가생물종지식정보시스템을 기준으로 50종이나 되는데, 학자에 따라서 40종에서 60종 정도로 다르게 분류하기도 하고, 이렇게 분류된 종 안에서도 변이가 심하기 때문이에요. 이 식물은 어떤 무엇일까요?

1 애기똥풀 *Chelidonium majus* var. *asiaticum* / 2 서양민들레 *Taraxacum officinale* / 3 제비꽃 *Viola mandshurica*

ANSWER
21

> ## 3번 제비꽃류

분류하기 까다로운 식물은 3번 제비꽃입니다. 앞서 말했듯 종이 다양하고 변이가 심해 분류를 위해서는 꽃의 색상, 줄기와 털의 유무, 잎과 암술의 모양, 개화 시기와 서식지 등 다양한 부분을 살펴야 하기 때문이에요.

보랏빛 제비꽃은 엇비슷해 보여도 제비꽃(3), 호제비꽃, 서울제비꽃, 왜제비꽃 등 여러 종으로 구별됩니다. 또한 종지나물과 흰젖제비꽃처럼 색상이 다른 꽃을 피우는 제비꽃도 많습니다. 반면 국가생물종지식정보시스템 기준으로 1번 애기똥풀은 같은 속의 식물이 없고, 2번 서양민들레는 유사종이 6종이므로 제비꽃보다 분류하기 쉽습니다.

Plus! 제비꽃류의 분류가 어려운 근본적인 원인은 같은 종이라도 개체별로 변이가 크다는 점입니다. 식물 한 종을 정의하려면 결정적인 특징을 기준 삼아 다른 종과 구별할 수 있어야 하는데, 제비꽃은 변이가 커서 기준선을 잡는 일도 어렵거니와, 잡은 기준선을 넘나드는 개체가 있는 것이 문제인 것이지요. 마치 무지개의 빨강색과 노란색은 쉽게 구별할 수 있지만, 두 색이 섞이는 주황색 영역을 정확히 정하기 어려운 것과 같습니다.

한 가지 재미있는 점은, 이름을 찾기 어려울 정도로 변이가 심한 제비꽃의 특성이 다양한 환경 변화에 적응해 생존하는 데에는 유리하다는 점입니다.

1

2

3

종지나물
Viola papilionacea

호제비꽃
Viola yedoensis

흰젖제비꽃
Viola lactiflora

1 애기똥풀 *Chelidonium majus* var. *asiaticum* / 2 서양민들레 *Taraxacum officinale* / 3 제비꽃 *Viola mandshurica*

다 음 중 성 전 환 을 하 는 꽃 은 ?

애니메이션 〈니모를 찾아서〉로 유명한 흰동가리는 사람의 관점에
서 보면 특이한 생활양상을 보이는 생물입니다. 바로 성전환을 하
는 것이지요. 흰동가리는 큰 암컷을 중심으로 무리를 이루는데,
이 암컷이 죽었을 경우, 가장 덩치가 큰 수컷이 암컷으로 변한다
고 합니다. 그런데 우리 주변에도 흰동가리처럼 성별을 바꾸는 꽃
이 있습니다. 어느 것일까요?

1 샐비어 *Salvia splendens* / 2 봉선화 *Impatiens balsamina* / 3 접시꽃 *Althaea rosea*

ANSWER
22

2번 봉선화

식물들은 동일한 개체의 꽃가루로 수정하는 자가수분을 막기 위해 다양한 방법을 동원하기도 합니다. 은행나무처럼 암나무와 수나무를 따로 두거나, 호박처럼 암수가 한 몸이지만 암꽃과 수꽃을 따로 피우는 식이죠.

특이하게도 봉선화는 꽃을 성전환하는 방법을 택했습니다. 꽃송이를 수꽃으로 피우고는 나중엔 암술을 덮고 있던 수술을 떨어뜨려 암꽃으로 만드는 것이지요. 호박처럼 꽃을 따로 만드는 수고 없이 확실하게 다른 꽃과 수분할 수 있으니, 효율적인 선택인 셈입니다. 다만 앞서 말씀드린 흰동가리는 한 개체의 성별을 바꾸지만, 봉선화는 꽃만 수꽃에서 암꽃으로 바꾸는 점이 다릅니다.

Plus! 자가수분을 꺼리는 봉선화와 반대의 선택을 하는 식물도 있습니다. 닭의장풀은 꽃이 시들 때까지 다른 꽃의 꽃가루를 받아 수분하지 못했다면, 수술을 구부려 암술에 닿게 하는 방식으로 스스로 수분을 합니다. 많은 에너지를 들여 꽃을 피우고도 열매를 맺지 못하는 최악의 경우를 피하는 좋은 방법이지요.

또, 제비꽃은 봄에는 다른 꽃의 꽃가루를 받아 열매를 맺지만, 여름부터는 꽃잎을 펼치지도 않은 채 스스로 자가수분을 한 후 바로 열매를 맺는 폐쇄화를 만들기도 합니다. 봄에는 다양한 형질의 자손을 남기고, 여름부터는 많은 개체의 자손을 만드는 전략으로 보입니다.

암술

수술

드러난
암술머리

분리

암술과 수술
분리 과정

1 샐비어 *Salvia splendens* / 2 봉선화 *Impatiens balsamina* / 3 접시꽃 *Althaea rosea*

다음 화초를 같은 과인
채소와 짝 지어 보세요

시장에 갔다가 조금 놀라고 말았습니다. 지난 봄, 비료를 주고 정성 들여 키운 튤립 알뿌리보다 그물망 속 양파가 열 배는 더 크고 탐스러워 보였기 때문이에요. 채소인 양파와 화초인 튤립을 비교하는 것이 이상해 보일 수 있지만, 제가 이 둘을 연관 지어 생각한 데에는 작은 이유가 있습니다. 양파와 튤립은 같은 백합과 식물로 친척 관계라고 할 수 있거든요. 전혀 달라 보여도 살펴보면 둥근 알뿌리가 있고 수술이 여섯 개인 점이 같지요.

양파가 그렇듯이, 화초와 같은 과인 채소들은 굉장히 많이 찾을 수 있답니다. 다음 여섯 식물은 한 쌍씩 친척 관계인 채소와 화초입니다. 같은 과에 속하는 것끼리 짝 지어 보세요.

1 백합 *Lilium longiflorum* / 2 국화 *Chrysanthemum morifolium* / 3 나팔꽃 *Ipomoea nil*
a 쑥갓 *Glebionis coronaria* / b 고구마 *Ipomoea batatas* / c 부추 *Allium tuberosum*

23

백합-부추, 국화-쑥갓, 나팔꽃-고구마

우리가 뿌리, 잎, 줄기로 만나는 채소도 사실 화초처럼 꽃을 피웁니다. 꽃을 살펴보면 정답을 쉽게 알 수 있지요.

고구마꽃(b)은 마치 흰 바탕에 중심이 보라색인 나팔꽃, 쑥갓꽃(a)은 영락없이 흰색과 노란색이 섞인 국화꽃 같거든요. 다만 고구마는 우리나라 기후에서 꽃을 드물게 피우고, 쑥갓은 도심지에서 꽃을 만나기 어려우니 두 채소의 꽃을 접한 분은 많지 않을 것 같습니다.

한편 부추는 백합과 꽃의 형태가 많이 달라 보이지만 같은 과입니다. 부추꽃(c)은 작은 꽃 여럿이 모여 꽃다발처럼 피는데, 한 송이를 자세히 들여다보면 암술 하나를 중심으로 여섯 개의 수술과 꽃덮개*가 배치된 형태가 백합꽃과 무척 닮았습니다. 채소도 화초와 같은 과라는 생각을 하면 그 꽃이 새삼 달리 보이기도 합니다.

Plus! *꽃덮개는 꽃잎과 꽃받침이 서로 비슷해 구별하기 어려울 때 이들을 합쳐 부르는 말입니다.

1 백합 *Lilium longiflorum* / 2 국화 *Chrysanthemum morifolium* / 3 나팔꽃 *Ipomoea nil*

a 쑥갓 *Glebionis coronaria* / b 고구마 *Ipomoea batatas* / c 부추 *Allium tuberosum*

엽록소가 없는 이 식물은
어떻게 생존할까?

만약 식물에게서 엽록소를 없애 버린다면 어떻게 될까요? 우선 식물이 푸른 것은 녹색 엽록소 덕택이므로, 식물은 초록빛을 잃을 것입니다. 또, 식물에게 필요한 양분을 만드는 엽록소 없이는 오래 지나지 않아 양분 부족으로 시들겠지요. 그런데 엽록소가 없는데도 건강히 잎과 꽃을 내고 열매를 맺는 식물이 있습니다. 이 식물의 비결은 무엇일까요?

수정난풀 *Monotropa uniflora*

곰팡이에게 양분을 얻는다

엽록소 없이도 자라는 이 식물은 수정난풀입니다. 식물 전체에 엽록소가 없어 이름처럼 투명한 흰빛을 띠지요. 이 식물은 햇빛을 받아 직접 양분을 합성하는 대신, 일종의 기생으로 곰팡이로부터 필요한 양분 전부를 얻어 살아갑니다. 수정난풀의 형제뻘 되는 식물인 나도수정초, 구상난풀 또한 같은 방법으로 자랍니다.

Plus! ⑦ 수정난풀이 양분을 얻는 곰팡이는 나무뿌리에 수분과 무기질을 제공하고 그 대가로 당과 같은 유기물을 받아 살아가는 '근균'이란 종류입니다. 이를 고려하면 수정난풀이 자라는데 쓰이는 에너지는 결국 다른 식물에게서 오는 것으로도 볼 수 있지요. 다만 대부분의 도감에서는 수정난풀이 부생식물, 즉 동·식물의 사체를 직접 분해해 영양분을 얻는 식물로 기록되어 있기도 합니다. 마치 버섯이 양분을 얻는 것처럼요. 아마 수정난풀의 생태에 대해서는 아직 연구가 필요한 모양입니다.

─── ③ 깊은 숲속에서는 꽃줄기만을 꺾어 땅에 꽂아놓은 것처럼 생긴 이상한 식물들을 드물게 만날 수 있습니다. 이들은 무엽란, 으름난초 등의 난초인데, 잎을 키워 스스로 양분을 합성하지 않고 수정난풀처럼 균류로부터 영양분을 얻는다고 해요.

1

2

3

수정난풀 *Monotropa uniflora* / 1 꽃이 달린 줄기 2 꽃 3 꽃 단면

다음 벌레잡이식물 중
우리나라에 자생하는 것은?

몸이 개미만큼이나 작아진다면 무엇을 조심해야 할까요? 거대한 낙엽, 쏟아지는 빗방울, 호기심 많은 길고양이 모두 위협적이겠지만, 제 작업실에서 가장 피해야 할 것은 벌레잡이식물일 것입니다. 한번 갇히면 빠져나올 수 없는 덫을 펼치는 파리지옥이나, 잎에 맺히는 끈끈한 점액으로 먹이를 붙잡고 녹여 먹는 끈끈이주걱, 제비꽃을 닮은 예쁜 꽃을 피우지만 잎에 끈적한 점액 방울을 잔뜩 달고 있는 모라넨시스 벌레잡이제비꽃에 잡힌다면 큰일이 나고 말 테니까요.

그런데 이렇게 무시무시한 벌레잡이식물이 우리나라에도 자생하고 있답니다. 다음 벌레잡이식물 세 종 중 하나인데요, 어느 것일까요?

1 파리지옥 *Dionaea muscipula* / 2 모라넨시스 벌레잡이제비꽃 *Pinguicula moranensis* / 3 끈끈이주걱 *Drosera rotundifolia*

25

3번 끈끈이주걱

그림 속의 (자생)끈끈이주걱(3)은 우리나라 전역의 습지에 자란다고 해요. 흔히 유통되는 아프리카긴잎끈끈이주걱(*Drosera capensis*)처럼 끈적이는 잎사귀로 벌레를 잡아먹는데, 잎이 둥글고 작으며 겨울에는 월동하는 점이 다릅니다.

한편 그림 속의 모라넨시스 벌레잡이제비꽃(2)과 비슷한 종류인 (자생)벌레잡이제비꽃(*Pinguicula vulgaris* var. *macroceras*)과 끈끈이귀개, 통발 등 다양한 벌레잡이식물이 우리나라에 자생하고 있습니다.

Plus! 곤충을 잡아먹는 무시무시한 벌레잡이식물이지만, 이 중 대다수는 꽃을 피워 곤충에게 수분을 부탁하기도 합니다. 곤충을 먹잇감으로도, 또 중매역으로도 이용하는 것이지요. 물론 중매하러 온 곤충 역시 함정에 걸린다면 사양하지 않고 잡아먹습니다.

I 파리지옥 *Dionaea muscipula* / 2 모라넨시스 벌레잡이제비꽃 *Pinguicula moranensis* / 3 끈끈이주걱 *Drosera rotundifolia*

QUESTION
26

다음 중 진짜 난초는 무엇일까?

많은 식물이 ○○란, 즉 난초라는 뜻의 이름을 가지고 있습니다. 하지만 이 중 많은 것이 분류학적으로 '진짜' 난초가 아닙니다. 그림 속 식물 역시 난초의 이름을 갖고 있지만, 이 중 단 하나만이 진짜 난초입니다. 진짜 난초는 어떤 것일까요?

1 접란 *Chlorophytum comosum* ╱ 2 군자란 *Clivia miniata* ╱ 3 박쥐란 *Platycerium bifurcatum* ╱ 4 풍란 *Neofinetia falcata*

$$\text{A N S W E R}$$
26

> # 4번 풍란

'난초' 하면 유려한 곡선을 그리는 긴 이파리, 세련되고 아름다운 꽃을 떠올리는 경우가 많지요. 이 때문인지 이런 이미지에 맞는 식물 일부는 난초란 이름이 붙곤 합니다. 그런데 따져보면 '난초' 는 '외떡잎식물 난초목 난초과에 속한 식물의 총칭'이므로, 다른 과에 속하는 식물은 진짜 난초라고 하기는 어렵습니다.

보기의 식물을 살펴보면 1번 접란은 백합과, 2번 군자란은 수선 화과이며, 3번 박쥐란은 고란초과, 4번 풍란만이 난초과에 속하 므로, 정답은 4번 풍란입니다.

Plus! 위와 반대로 난초이지만 사람들이 그 생김새를 보고 난초라고 생각하기 어려운 식물도 있습니다. 이파리가 부채처럼 넓게 퍼지는 광릉요강꽃(Q29), 아 주 작고 둥근 잎을 가진 콩짜개란, 잎을 키우지 않는 무엽란(A24 설명)이 그렇습 니다. 좁쌀만큼이나 작은 꽃을 피우는 병아리난초나, 벼처럼 수수한 녹색 꽃을 피 우는 옥잠난초 역시 난초의 이미지와는 거리가 있지만 난초입니다.

1 접란 *Chlorophytum comosum* / 2 군자란 *Clivia miniata* / 3 박쥐란 *Platycerium bifurcatum* / 4 풍란 *Neofinetia falcata*

다 음 중 독 이 없 는 식 물 은 ?

얼마 전, 아이들이 자주 지나는 길에 맹독성 수목이 심겨 있어 논란이 된 적이 있습니다. 협죽도라는 나무인데, 평범한 꽃나무처럼 보이지만 강한 독을 품고 있어서 아이들이 장난으로 먹는다면 큰일이 생길 수 있다고 합니다.

이처럼 강한 독은 아니지만 우리 주변에서도 쉽게 유독성 식물을 찾을 수 있습니다. 그림 속 식물은 산과 들에 흔히 자라는 고사리류(청나래고사리), 식재료이기도 한 감자, 그리고 화단에서 자주 볼 수 있는 주목입니다. 이 중 독성이 없는 것은 무엇일까요?

1 청나래고사리 *Matteuccia struthiopteris* / 2 감자 *Solanum tuberosum* / 3 주목 *Taxus cuspidata*

ANSWER
27

모두 독이 있다

1번 고사리류는 고사리강에 드는 여러 식물들을 총칭합니다. 우리나라의 고사리 중 먹을 수 있는 것은 고사리(마트에 있는 고사리), 고비, 청나래고사리 등 약 10종 정도이지요. 그런데 이들은 해로운 성분을 가지고 있기 때문에 반드시 삶거나 찌는 등의 조리 과정을 거쳐 독성을 제거한 뒤에 먹어야 합니다.

2번 감자는 식탁에 자주 오르지만 경우에 따라 구토, 복통, 현기증, 두통 등을 일으킬 수 있습니다. 햇빛을 받아 녹색으로 변하거나 싹이 트면 솔라닌이라는 독이 생기기 때문이지요. 따라서 감자는 어두운 곳에 보관하고, 요리할 때 새싹을 도려내어야 합니다.

3번 주목은 사계절 푸른 잎과 붉고 통통한 열매가 아름다워 흔히 심어 가꾸는 나무입니다. 달콤한 과육을 제외한 종자, 줄기, 잎, 뿌리에는 독성분이 포함되어 있습니다. 실제로 해외에서는 우연히 잎이나 잔가지를 먹고 죽은 야생동물이 종종 발견된다고 해요.

Plus! 사실 우리 주변에는 유독성 식물이 아주 흔합니다. 길가에 자라는 나팔꽃은 씨앗에 설사를 일으키는 독성분이 있으며, 이른 봄을 화려하게 장식하는 수선화의 잎과 알뿌리 역시 독성을 띱니다. 아네모네, 라넌큘러스, 매발톱, 금낭화 등 모양새가 아름다워 흔히 심어 가꾸는 미나리아재비과의 식물의 대부분과 실내에서 많이 가꾸는 아이비, 크로톤 등의 일부 관엽식물 역시 마찬가지입니다.

1 청나래고사리 *Matteuccia struthiopteris* / 2 감자 *Solanum tuberosum* / 3 주목 *Taxus cuspidata*

다음 중 희귀식물을 고르세요

그림 속 식물은 주변에서 흔히 볼 수 있는 식물 셋과 산림청 지정 희귀식물 한 종을 그린 것입니다. 희귀식물을 제외한 세 식물은 논, 밭, 정원과 공원 등에서 심지 않아도 절로 무성히 자라납니다. 그곳을 관리하시는 분들이 골칫거리 잡초라 여기고 뽑아내 버릴 정도로요. 이 중 어떤 것이 희귀식물일까요?

ANSWER
28

3번 깽깽이풀

어려운 문제였나요? 흔하고 성가신 식물들은 어쩐지 볼품없을 것 같지만, 눈높이를 맞춰 바라보면 이런 꽃들도 우리가 소중히 여기는 희귀식물만큼 특별한 모습을 하고 있습니다.

정답인 3번 깽깽이풀은 야생화 화원에서는 자주 볼 수 있지만 자생지에서 자라는 개체를 만나기 어려운 희귀식물입니다. 꽃과 잎의 모양새가 아름다워 인기가 높습니다.

1번은 나물로 유명한 냉이입니다. 마트에서 판매하기도 하지만 잔디밭이나 텃밭 등에서 흔히 만날 수 있습니다.

2번 달맞이꽃은 그 이름처럼 밤에만 향기로운 꽃을 피우는 식물입니다. 길가, 공터나 밭둑 등에 쉽게 번져나가 관리인의 골치를 썩이곤 합니다.

4번 큰개불알풀은 추위가 채 가시지 않은 이른 봄부터 반짝이는 듯한 푸른 꽃을 피우는 식물입니다. 서울을 비롯한 중부 지방에도 분포하지만, 남부 지방의 밭에서 많이 자란다고 합니다.

1 냉이 *Capsella bursa-pastoris* / 2 달맞이꽃 *Oenothera biennis* / 3 깽깽이풀 *Jeffersonia dubia* / 4 큰개불알풀 *Veronica persica*

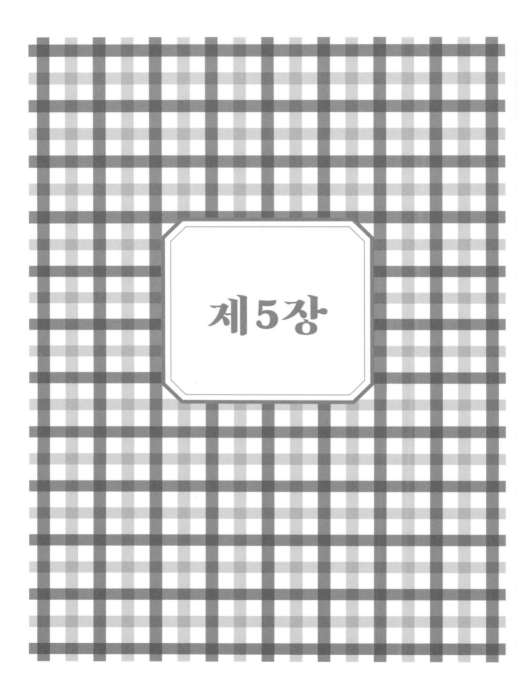

제5장

우리는 식물을
어떻게
대하나요

제가 처음으로 조성한 정원은 잡초 정원이었습니다. 여기서 '만든'
이 아닌 '조성한'이라고 쓴 건, 설계 도면이나 모니터 속 3D 모형
정원이 아니라, 살아 있는 식물을 심은 정원이기 때문이에요. 정
원 공사는 많은 시간과 비용이 필요한 만큼 직접 경험하기 어려운
일인데, 대학교 졸업반 때 운 좋게도 국립수목원에서 진행하는 정
원 공모전에 당선되어 작은 전시용 정원을 조성한 것이지요.

보통 정원에서는 화초와 꽃나무를 심어 가꾸고 잡초는 뽑아내지
요? 그 정원에는 잡초를 정원 가득 심기로 했습니다. 이른 봄 매화
보다도 먼저 꽃을 피워 사진가들에게 인기가 많은 큰개불알풀, 친
구를 간질이는 장난감이 되는 강아지풀, 들큼한 열매를 따먹을 수
있는 까마중…. 이 모든 잡초가 그곳에서만큼은 성가신 잡초가 아

닌, 봄을 누구보다도 먼저 알리는 꽃으로, 어린 시절 친구와의 추억으로, 까만 열매가 품은 수수한 단맛 등으로 새롭게 조명받을 수 있는 계기를 마련하고 싶었습니다.

큰개불알풀처럼 꽃이 아름답지만 키가 작은 잡초는, 흙을 채워둔 책상 위에 심어 꽃이 잘 보이도록 했습니다. 강아지풀처럼 장난감이 되거나 까마중처럼 먹을 수 있는 것은 방문객이 몰래 몇 개쯤 꺾고 맛보면서 새롭게 기억하길 바랐는데요, 두어 개쯤 없어져도 티가 나지 않게 책상 주변 가득 여러 종을 섞어 심어두었습니다. 이들 외에도 토끼풀, 주름잎, 달맞이꽃, 개여뀌, 왕고들빼기처럼 소개하고 싶은 여러 잡초를 식재했고, 이 목록을 담은 팸플릿을 정원 한 편에 비치했습니다.

그렇게 공사를 마친 잡초 정원은 공모전에서 좋은 평가와 작은 상을 받았지만, 관람객에게 호응을 얻지 못했습니다. 결국 몇 개월 뒤 정원은 철거되었고, 남은 것은 관람객이 가져가지 않은 잡초 팸플릿 뭉치뿐이었어요. 여러모로 부족한 탓에 그리 되었지만, 무심코 잡초로 취급을 받는 식물들이 가진 다양한 매력을 잘 전하지 못한 점이 아쉽습니다. 그렇지만 남다른 대우를 받는 식물들을 통해, 우리가 식물을 대하는 방식을 이야기하고 싶어요. 잡초 정원 팸플릿과 달리 부디 이번 문답은 많은 분들의 마음에 남았으면 하는 바람입니다.

까마중 *Solanum nigrum*

이 꽃은 왜 옥살이를 할까?

사람들이 자생지에 철조망을 치고, CCTV를 설치해 촬영까지 하는 식물이 있습니다. 이 식물은 왜 이렇게 삼엄하게 감시받는 걸까요?

보호하고 관찰하기 위해서

이 꽃은 광릉요강꽃으로, 시원스레 뻗은 잎사귀와 독특한 꽃 모양새가 무척 아름다운 식물입니다. 환경부에서 멸종위기 야생식물 1급으로 지정할 정도로 개체수가 극히 적기도 하지요. 그런데 이 식물을 탐낸 식물 수집가들이 무단으로 채취하고 자생지를 훼손한 것이 큰 문제가 된 적이 있습니다. 이후 이 식물을 보호하고 생육 상태를 모니터링하기 위해 자생지에 철조망과 CCTV를 설치했다고 해요. 다행히도 설치 이후 개체수가 조금씩 늘고 있다고 합니다.

Plus! ② 광릉요강꽃과 형제뻘 되는 식물로 복주머니란과 털복주머니란이 있습니다. 복주머니란은 광릉요강꽃처럼 한때 사람의 손을 많이 탄 탓에 만나기 어려운 희귀식물이 되었고, 털복주머니란은 본래 분포가 제한적이라고 해요. 자연에서 만나기 어려운 이 식물들은 포천 국립수목원에서 볼 수 있습니다. 하지만 국립수목원에 심어둔 것조차도 사람들이 훼손하는 경우가 있어 울타리를 두르고 철망을 덮어 보호하고 있습니다.

───── ③ 불법채취 외에 다른 것으로부터 멸종위기 야생식물을 보호하기도 합니다. 진노랑상사화는 멧돼지 등의 야생동물이 그 알뿌리를 먹기 때문에 내장산에서는 전기울타리를 쳐두었다고 해요. 또, 홍월귤은 키가 작기 때문에 등산객이 실수로 밟을 우려가 있어 설악산에서는 나무 울타리를 설치해 보호하고 있다고 합니다.

광릉요강꽃 *Cypripedium japonicum*

식물도 이름을 바꿀 수 있을까?

가끔 식물의 우리말 이름을 대답해 주기 곤란한 상황이 있습니다. 물어본 식물 이름이 중대가리나무, 개불알꽃, 개불알풀(개불알'꽃'과 다른 식물입니다), 소경불알, 며느리밑씻개, 여우오줌, 노루오줌 등일 때가 그렇지요. 단지 예쁘지 않아서가 아니라, 제가 스님, 시각장애인, 며느리였다면 들을 때마다 무척 불쾌할 것 같아서요. 개, 여우와 같은 동물 이름도 귀하게 쓰고 싶고요. 이런 식물 이름을 다른 것으로 바꿀 수 있을까요?

개불알꽃 →

바꾸기 어려워 보인다

우리말 표준어를 정리한 표준국어대사전이 있듯이 식물의 우리말 이름에도 '국가표준식물목록'이 있습니다. 국립수목원과 분류학 자가 모인 위원회에서 문헌에 나온 식물 이름을 가려 뽑은 추천명 목록이죠. 목록에서는 앞서 언급한 식물 중 '중대가리나무'와 '개 불알꽃'이 각각 '구슬꽃나무'와 '복주머니란'으로 변경되었어요. 그러나 앞 장에 언급된 다른 식물의 이름까지 모두 바꾸기는 어려 워 보입니다. 이름을 자주 변경하면 혼란을 줄 수 있어 개명에 매 우 신중할 수 밖에 없다고 합니다. 또한 고유명사이기 때문에 표 준어와 어긋나거나 비속한 단어가 있어도 이름에 담긴 문화와 역 사를 되도록 인정한다고 해요.

때문에 2017년에는 한 식물 커뮤니티, 2019년에는 사설 생물연 구소에서 부적절한 식물명을 대체할 새 이름을 제안하기도 했지 만, 2023년 현재까지 국가표준식물목록의 추천명은 바뀌지 않은 채 남아 있습니다.

Plus! 표준어가 아니기 때문에 사투리가 잘못된 말이 아니듯이, 국가표준식물 목록 추천명에 올라 있지 않은 식물 이름 역시 틀린 것은 아닙니다. 국가표준식 물목록은 여러 이름이 함께 쓰여 혼란스러운 식물 이름을 하나로 표준화해 사용 할 수 있도록 추천한 것일 뿐이니까요. 눈앞의 식물을 어떤 이름으로 부를지 정하 는 건 결국 우리입니다.

개불알꽃→ 복주머니란 *Cypripedium macranthos*

무궁화는 왜 산에서
볼 수 없는 걸까?

"무궁화 삼천리 화려강산"이란 애국가 가사처럼, 무궁화는 주변에서 비교적 흔히 볼 수 있는 나무입니다. 흰색, 연홍색 무궁화를 무리지어 심어둔 관공서나 공원은 우리에게 익숙한 풍경이고, 길가나 정원에서도 무궁화는 여름 내내 피고 지니까요.

이렇게 우리나라 어디에서든 흔할 것 같은 무궁화이지만, 깊은 산골처럼 사람의 발길이 닿지 않는 곳에서는 본 적이 없는 것 같습니다. 왜일까요?

무궁화 *Hibiscus syriacus*

ANSWER
31

자생종이 아니기 때문이다

우리나라를 상징하는 나라꽃이지만, 무궁화는 중국(혹은 인도)에서 건너온 외래종입니다. 그렇기 때문에 우리나라 산야에서 저절로 자라나는 무궁화를 볼 수 없는 것이지요.

자생식물을 나라꽃으로 정하는 것이 자연스러울 텐데, 어떻게 무궁화가 그 자리를 차지하게 되었는지 의아하실 수 있을 것 같아요. 예로부터 중국에서는 우리나라를 군자의 나라라 부름과 동시에 무궁화가 많다고 묘사했습니다. 또한 통일신라시대부터 우리나라 스스로 근화향(槿花鄕), 즉 무궁화의 고장이라 칭했다고 합니다. 오래전부터 우리나라에는 무궁화가 많았으며, 나라를 상징할 만한 꽃으로 여겨온 것이지요. 이런 인식이 오늘날까지 이어져 무궁화가 나라꽃이 된 것이고요.

Plus! 혹시 무궁화가 '외래종'인 것에 이상한 느낌을 받으셨나요? 아마 외래종이라는 단어가 부정적인 뉘앙스를 갖는 경우가 많기 때문이에요. 그렇지만 외래식물은 '인위적 혹은 자연적 이유로 본래 생육지가 아닌 다른 지역으로 들어온 식물'을 뜻할 뿐이므로 나쁜 의미는 없습니다. 비슷하게 '귀화식물' 역시 '외래식물 중 우리나라 환경에 도태되지 않고 적응하여 살아가는 식물'을 뜻할 뿐이고요. 외래생물 중 악영향이 있는 식물은 '생태교란종' 혹은 '침입식물'이란 이름으로 따로 부르고 있습니다.

무궁화 *Hibiscus syriacus*

북한의 나라꽃은 무엇일까?

우리나라의 나라꽃은 무궁화입니다. 일제강점기에 일본 사람들이 우리 민족의 혼을 말살하기 위해 무궁화 꽃가루가 묻으면 눈병이 난다는 헛소문을 내기도 했고, 화장실 근처에나 심어야 할 품위 없는 나무 등으로 매도한 적도 있었습니다. 그렇지만 예로부터 많은 이들이 무궁화를 두고 우리나라를 대표할 만한 꽃으로 생각했고, 이에 따라서 무궁화가 나라꽃이 되었지요. 북한의 경우에는 어떤 식물이, 어떤 방식을 통해 나라꽃으로 선정되었을까요?

무궁화 *Hibiscus syriacus*

ANSWER

32

함박꽃나무

북한의 나라꽃으로 진달래를 떠올리셨겠지만 공식적으로는 함박 꽃나무입니다. 김일성 주석의 뜻에 따라 1991년 4월 10일에 함박꽃나무를 나라꽃으로 지정했지요.

함박꽃나무는 늦봄에 향기로운 흰 꽃을 피우는 나무로, 흔히 볼 수 있는 백목련의 형제쯤 되는 식물입니다. 예로부터 심어 즐기거나 활용했던 식물은 아니며, 무궁화, 진달래만큼 인지도가 높지도 않습니다. 그럼에도 북한의 나라꽃이 될 수 있었던 건, 이 나무가 마음에 들었던 한 개인이 나라의 상징물을 결정할 수 있는 북한의 체제 때문이라 볼 수 있습니다.

Plus! 흔히 작약 혹은 모란을 두고 함박꽃이라고 부르기도 하지만, '함박꽃나무'라는 정식 명칭을 가진 나무는 그림 속의 식물입니다. 또, 북한에서는 한자어를 대부분 순우리말로 바꿔 사용하지만, 재미있게도 이 나무를 두고 북한은 목란(木蘭), 우리나라에서는 함박꽃나무라고 합니다.

함박꽃나무 *Magnolia sieboldii*

QUESTION

33

다음 채소 중 우리나라에
자생하는 것은 무엇일까?

감자는 강원도, 시금치는 포항, 양파는 무안…. 채소는 종류별로
이름난 산지가 있지요. 그런데 생각해 보면 이런 곳에서도 밭에
심어 가꿀 뿐, 산에 들에 절로 자라나는 채소는 본 기억이 거의 없
는 것 같습니다. 앞서 살펴보았던 무궁화처럼요. 그림의 채소 중,
우리나라에 자생하는 식물은 무엇일지 한번 골라보세요.

1 시금치 *Spinacia oleracea* / 2 감자 *Solanum tuberosum* / 3 당근 *Daucus carota* subsp. *sativus* / 4 양파 *Allium cepa*
5 상추 *Lactuca sativa* / 6 고추 *Capsicum annuum*

ANSWER

33

$\left\{\overline{\text{ 모두 외국에서 온 식물이다 }}\right\}$

시금치는 아시아 서남부, 감자는 안데스산맥, 당근은 아프가니스
탄, 양파는 서아시아나 지중해 연안, 상추는 유럽과 서아시아, 그
리고 고추는 남아메리카가 고향입니다.

들여와 재배한 지 아주 오래되었고 우리나라에 생산지로 이름난
고장도 있지만, 이처럼 우리가 매일 먹는 채소 중 대다수는 아주
먼 외국 땅에서 온 것이지요. '고향'이나 '신토불이'라는 단어가
어울리는 감자, 호박 등의 식물이 외래종이라니, 인터넷도 없던
옛날에 어떻게 바다 건너 저 멀리에서 옮겨와 이렇게 자리를 잡았
는지 상상하면 정말 신기합니다.

Plus! ① 외래식물인 채소가 우리나라에 들어온 시기까지 공부해 두면, 사극의
고증 오류를 종종 발견할 수 있습니다. 조선 건국 과정을 담은 사극에 임진왜란 이
후부터 재배한 호박밭이 나오거나, 1824년에서 1883년 사이에 들어온 감자를 사
고파는 모습이 나오는 식이지요. 진중한 사극에서 타임머신을 타고 여행하는 식물
을 만나면 남모르게 반가운 기분이 듭니다.

───── ② 앞서 말한 호박과 감자 외에, 이 장에서 다룬 채소들의 도입 시기를 살
펴볼까요? 상추는 5세기 이후에 도입된 것으로 짐작하고 시금치는 조선 초기부터
재배한 것으로 추정하고 있습니다. 당근은 1894년에 처음 기록에 등장하고 양파
는 개화기에 도입한 것으로 알려져 있으니, 비교적 최근부터 가꾸었을 것입니다.
고추는 자생 고추가 임진왜란 전에 이미 있었다는 주장도 있지만 보통 임진왜란
이후에 들어온 것으로 봅니다.

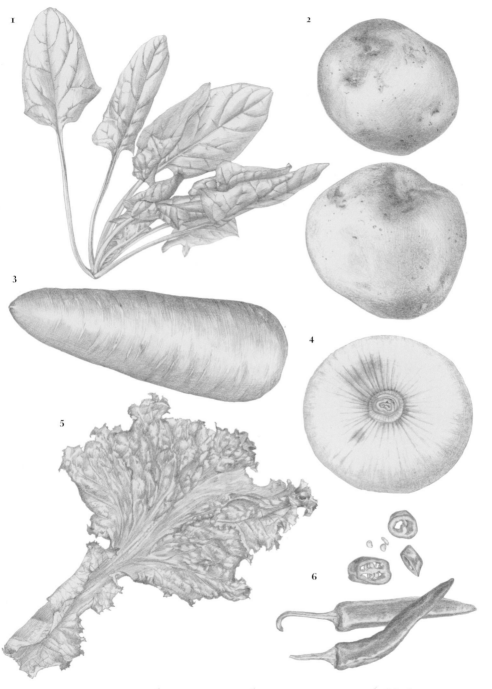

1 시금치 *Spinacia oleracea* / 2 감자 *Solanum tuberosum* / 3 당근 *Daucus carota* subsp. *sativus* / 4 양파 *Allium cepa*
5 상추 *Lactuca sativa* / 6 고추 *Capsicum annuum*

다섯 갈래 라일락꽃을
먹는 이유는 왜일까?

그림은 '서양수수꽃다리'라고도 부르는 라일락입니다. 라일락꽃은 보통 네 갈래로 갈라져 열 십 자(十) 모양을 하지만, 잘 찾아보면 가끔 다섯 갈래로 갈라진 꽃도 있습니다. 일부 유럽 국가와 영미권, 러시아 등에서는 이렇게 다섯 갈래로 갈라진 꽃을 찾아 삼킨다고 하는데요, 그 이유는 무엇일까요?

라일락 *Syringa vulgaris*

ANSWER

34

행운을 얻고 사랑을 점치려고

네잎클로버를 찾으면 행운이 찾아온다고 믿는 것처럼 이들 국가에서는 다섯 갈래 라일락꽃을 찾아 삼키면 행운이 찾아오고 소원을 이뤄준다는 이야기가 있다고 합니다.

한편 미국의 한 역사가의 기록에 의하면, 미국에서는 라일락으로 사랑 점을 치기도 했다고 합니다. 사랑을 확인하고픈 대상의 이름을 마음속으로 말하며 다섯 갈래 라일락꽃을 삼킬 때, 꽃이 부드럽게 삼켜지면 대상도 자신을 사랑한다고 믿는 것이지요. 다만 꽃이 목에 걸리면 자신을 사랑하지 않는다는 뜻이라고 합니다.

우리나라도 "좋아한다… 안 좋아한다…"란 말과 함께 잎사귀나 꽃잎을 따는 사랑 점이 있다는 걸 생각하면, 방법만 다를 뿐 식물을 통해 행운을 얻고 사랑을 확인하려고 하는 모습이 같다는 게 흥미롭네요.

Plus! 외국에서는 라일락꽃을 먹거리로 활용하기도 합니다. 무척 향기롭지만 살짝 쓰고 떫은맛이 난다고 하며, 가장 따라하기 쉬운 레시피는 라일락꽃을 시럽이나 꿀에 넣어 향기를 즐길 수 있도록 한 것입니다.

1

2

라일락 *Syringa vulgaris* / 1 꽃이 달린 가지 2 다섯 갈래 꽃

대저택 한 채만큼 비쌌던

튤립은 무엇일까?

1630년대 네덜란드에는 대저택 한 채만큼이나 비싼 튤립이 있었습니다. 당시 튤립이 이국적이고 특별한 식물이기는 했지만, 오늘날엔 알뿌리 1개당 보통 600~800원이라는 저렴한 가격에 유통되는 점과, 동네 꽃집에서 만날 수 있는 식물들의 가격이 보통 몇천 원에서 몇만 원 정도인 점을 생각하면 호기심이 생깁니다. 도대체 어떤 튤립이었기에 그만큼이나 비쌌을까요?

튤립 *Tulipa gesneriana*

ANSWER

35

> ### 튤립 '셈페르 아우구스투스'

집 한 채 값에 거래되었던 튤립은 '셈페르 아우구스투스'입니다. 단색의 꽃을 피우는 보통 튤립과 달리 흰 바탕에 화려한 핏빛 불꽃무늬가 있었기 때문에 인기가 대단했습니다. 새끼 알뿌리를 쉽게 만들지 않아 증식이 어려웠던 데다 최초의 재배자가 판매를 번번이 거절했기 때문에 희소성도 아주 높았고요. 거기에 튤립 투기 열풍까지 불어 알뿌리 가격이 치솟았고, 당시 대저택 한 채 값이었던 10,000길더 정도에 판매되었다고 합니다.

물론 투기 이전에도 대단히 비쌌는데, 알뿌리가 1개당 최소 1,000길더 이상이었을 것으로 보입니다. 참고로 당시 렘브란트의 그림 〈야경〉이 1,600길더였습니다.

Plus! ② 재미있는 점은 '셈페르 아우구스투스' 등 꽃잎 무늬가 화려해 당시 고가에 거래된 품종들은 사실 품종 개량이 아니라 '튤립 모자이크 바이러스' 감염 때문에 생긴, 그저 병든 튤립일 뿐이라는 점입니다. 바이러스에 심하게 감염될수록 더 화려한 무늬의 꽃을 피워 인기를 끌었지만, 증식은 더 어려웠기 때문에 가격이 뛸 수밖에 없었지요.

———— ② 튤립 파동 이후로도 크고 작은 식물 투기가 여러 번 있었습니다. 네덜란드에서는 1730년대에 히아신스, 1912년에는 글라디올러스 열풍이 불었습니다. 19세기 프랑스에서는 다알리아, 20세기 후반 중국에서는 군자란의 가격이 치솟았지요. 특히 당시 거래된 가장 값비싼 군자란 종류는 평균적인 대졸자 연수입의 300배나 되는 가격을 기록했습니다.

튤립 '셈페르 아우구스투스(Semper Augustus)'

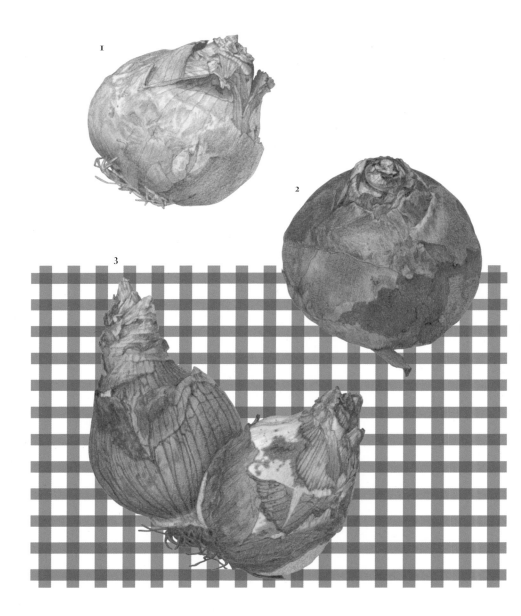

1

2

3

마치며

좋은 시절이 끝날 때

식물을 키우는 '식물 집사'라면 아마도, 좋은 시절이 끝나버렸다고 느끼는 때가 있을 거예요. 바로 늦가을인데요, 한해살이풀이 시들어 죽고, 실내 관엽식물은 생육이 더뎌지고, 대다수 여러해살이풀과 나무가 휴면에 들어가는 시기여서요. 황량한 시간을 견디며 봄을 기다릴 수밖에 없습니다.

그런데 다행히도 가을부터 새로 심어 키울 수 있는 식물들이 있는데요, 바로 가을심기 구근입니다. 이름처럼 가을에 심으면 봄에 싹이 터 자라는 알뿌리지요. 수선화, 히아신스, 튤립, 프리지아, 라넌큘러스 등이 이에 속합니다. 이 식물들은 꽃을 피우기 위해 저온을 일정 기간 겪어야 하는데, 꼭 야외가 아니더라도 아파트 베란다의 추위라면 충분히 꽃눈을 맺습니다. 덕분에 적당한 알뿌리를 골라 심으면 겨울부터 잎이 한 장씩 펼쳐지고 꽃봉오리가 벌어지는 모습을 구경할 수 있어요.

문득 좋은 시절은 이제 모두 끝나버렸다는 생각이 들 때마다, 가을심기 구근을 생각합니다. 꼼짝없이 봄을 기다려야 하는 시간에도 작은 잎과 꽃을 내며 우리 곁을 지켜주는 식물이 있다는 걸요. 지금 이 책의 마지막 부분을 읽고 계신 분들은 어떤 시절을 보내고 계실지 궁금합니다. 혹시 식물 집사의 늦가을만큼이나 어려운 시기를 보내고 있다면 우리가 나눈 식물 이야기가 가을에 심어둔 작은 알뿌리가 되었으면 좋겠습니다.

---

1 히아신스 '시티 오브 하를럼(할렘)' 알뿌리 *Hyacinthus orientalis* 'City of Haarlem'
2 히아신스 '델프트 블루' 알뿌리 *Hyacinthus orientalis* 'Delft Blue'
3 수선화 '배럿(바렛) 브라우닝' 알뿌리 *Narcissus* 'Barrett Browning'

참고자료

단행본

국립수목원,《광릉요강꽃》, 숨은길, 2014.
국립수목원,《식별이 쉬운 나무도감》, 지오북, 2010.
권순식 외 5명,《꽃보다 아름다운 잎》, 한숲, 2016.
권오길,《권오길의 괴짜 생물 이야기》, 을유문화사, 2012.
김옥임, 남정칠, 이원규,《식물비교도감》, 현암사, 2009.
김용식 외 20명,《최신조경식물학》, 광일문화사, 2009.
남효창,《나무와 숲》, 계명사, 2008.
마이클 대시,《튤립, 그 아름다움과 투기의 역사》, 정주연 옮김, 지호, 2002.
마이클 폴란,《욕망하는 식물》, 이경식 옮김, 황소자리, 2007.
문원 외 12명,《생활 속 원예 이야기》, 한국방송통신대학교출판부, 2008.
박상진,《우리 나무 이름 사전》, 눌와, 2019.
박승천,《한국의 제비꽃》, 함께가는길, 2012.
박원만,《텃밭백과 유기농 채소 기르기》, 들녘, 2017.
성금미,《산타벨라처럼 쉽게 화초 키우기》, 중앙북스, 2009.
안드레아스 바를라게,《실은 나도 식물이 알고 싶었어》, 류동수 옮김, 애플북스, 2020.
유다경,《도시농부 올빼미의 텃밭 가이드》, 도솔, 2010.
유수영,《The ROSE》, 이종문화사, 2002.
윤경은, 정소영,《세계의 난》, 김영사, 2011.
이나가키 히데히로,《싸우는 식물》, 김선숙 옮김, 더숲, 2018.
이나가키 히데히로, 미카미 오사무,《풀들의 전략》, 최성현 옮김, 도솔오두막, 2006.
이동혁,《한국의 나무 바로알기》, 이비컴, 2014.
이동혁,《한국의 야생화 바로 알기》, 이비컴, 2013.
이소영,《식물의 책》, 책읽는수요일, 2019.
이완주,《흙을 알아야 농사가 산다》, 들녘, 2002.
이유미,《우리가 정말 알아야 할 우리 나무 백 가지》, 현암사, 2005.
이유미,《한국의 야생화》, 다른세상, 2003.
이창숙, 이강협《한국의 양치식물》, 지오북, 2015.
최상범,《장미 정원》, 기문당, 2005.
후지이 가츠미치,《흙의 시간》, 염혜은 옮김, 눌와, 2017.
Alice M. Earle,《Old-Time Gardens, Newly Set Forth》, Sagwan Press, 2015.

논문

고상혜, 〈개나리(Forsythia species)의 이화주성에 따른 번식특성의 변이〉,
　　　성신여자대학교 교육대학원 교육학과 생물교육전공 석사학위논문, 2001.
신현탁, 이계훈, 김용식, 이병천, 윤정원, 〈개나리와 미선나무의 새로운 자생지 보고〉,
　　　《식물분류학회지 Vol.40》, 2010.

홈페이지

국가생물종지식정보시스템 http://www.nature.go.kr
국가표준식물목록 http://www.nature.go.kr/kpni
농업기술포털 농사로 https://www.nongsaro.go.kr
더 플랜트 리스트 www.theplantlist.org
두산백과 http://www.doopedia.co.kr
위키피디아 https://en.wikipedia.org
중국식물지 http://frps.iplant.cn
포켓몬 위키 https://pokemon.fandom.com/ko